KB096596

The Python
Basics
just in 1 Day!

딱 하루에 끝내는
파이썬 핵심기초

딱 하루에 끝내는 파이썬 핵심기초

저자_ 더 코딩 칼리지

발행 _ 2020. 5. 25.

펴낸이 _ 한건희

펴낸곳 _ 주식회사 부크크

출판등록 _ 2014.07.15.(제2014-16호)

주소 _ 서울 금천구 가산디지털1로 119, SK트윈타워 A동 305호

전화 _ 1670-8316
이메일 _ info@bookk.co.kr

ISBN 979-11-372-0710-3
www.bookk.co.kr

값은 표지에 있습니다.

「이 도서의 국립중앙도서관 출판시도서목록(CIP)은 서지정보유통지원시스템 홈페이지
(http://seoji.nl.go.kr)와 국가자료공동목록시스템(http://www.nl.go.kr/kolisnet)에서
이용하실 수 있습니다. (CIP제어번호: CIP2020020421)」

The Python Basics just in 1 Day!

딱 하루에 끝내는 파이썬 핵심기초

코딩 연습용 코드는
https://bit.ly/3e296H9
에서 무료로 다운로드할 수 있습니다.

'딱 하루에 끝내는 파이썬 핵심기초'를 소개합니다!

'딱 하루에 끝내는 파이썬 핵심기초'는
본격적인 파이썬 프로그래밍 학습에 앞서
파이썬과 프로그래밍의 핵심기초를
단 하루 만에 끝낼 수 있도록 준비한
코딩 학습용 교재입니다.

프로그래밍에 대한 아무 기초가 없는 초보자,
그리고 짧은 시간 안에 프로그래밍과
파이썬의 핵심의 이해가 필요한 학습자를 위해 준비했습니다.

프로그래밍과 파이썬의 핵심기초를
지루하지 않도록 핵심과 실전 코딩을 중심으로
간략하게 정리하고 있습니다.

핵심기초를 이해하면 곧바로 본격적인 프로그래밍이
가능하도록 만든 '스스로 코딩 학습서'입니다!

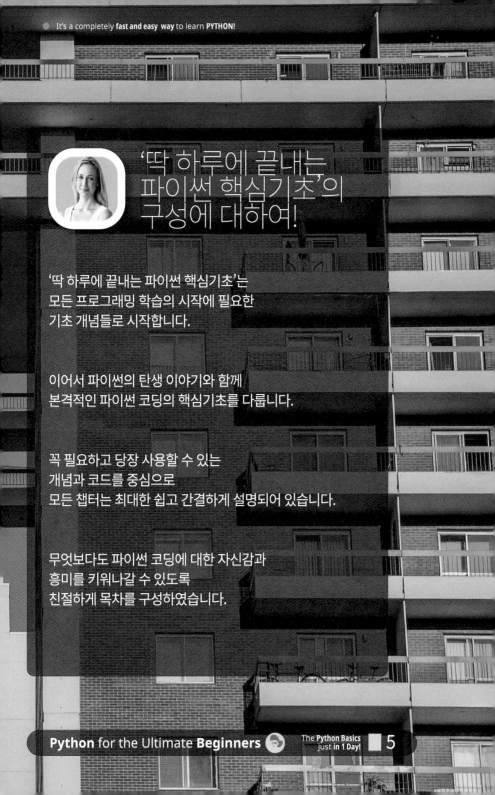

'딱 하루에 끝내는 파이썬 핵심기초'의 구성에 대하여!

'딱 하루에 끝내는 파이썬 핵심기초'는
모든 프로그래밍 학습의 시작에 필요한
기초 개념들로 시작합니다.

이어서 파이썬의 탄생 이야기와 함께
본격적인 파이썬 코딩의 핵심기초를 다룹니다.

꼭 필요하고 당장 사용할 수 있는
개념과 코드를 중심으로
모든 챕터는 최대한 쉽고 간결하게 설명되어 있습니다.

무엇보다도 파이썬 코딩에 대한 자신감과
흥미를 키워나갈 수 있도록
친절하게 목차를 구성하였습니다.

'딱 하루에 끝내는 파이썬 핵심기초'의 효과적인 학습법!

'딱 하루에 끝내는 파이썬 핵심기초'의
효과적인 학습방법은
제일 먼저 프로그래밍 '용어'와 친해지는 것입니다.

등장하는 모든 용어는 최대한 영어로 기억하는 것이 좋습니다.

다음으로 파이썬 코드 각각의 개념을 이해합니다.
파이썬을 일종의 외국어라고 생각하고,
문법과 개념을 이해하도록 합니다.

그리고 챕터에서 소개하는 간단한 예제 코드는
마치 외국어 학습에서 문장을 암기하듯 기억합니다.
우리가 외국어 예문을 응용하여
다양한 표현을 만들어 내는 것처럼
기본 코드의 공식을 마치 패턴 문장처럼 기억하는 것입니다.

최초 일독은 설명 위주로 빠르게 읽어 나가고,
두 번째는 실제로 코드를 입력해보면서 학습하는 것이
가장 빠른 학습법입니다. (교재에 소개된 모든 **실전 코드**는
https://bit.ly/3e296H9 에서 **다운로드**할 수 있습니다.)

'딱 하루에 끝내는 파이썬 핵심기초'의 전체 목차 구성에 대하여!

'딱 하루에 끝내는 파이썬 핵심기초'는
전체 **7**개 파트 **96**개 챕터 유닛으로 이루어져 있습니다.

딱 하루에 끝내는 파이썬 핵심기초 목차

The Python's Basics in 1 Day

Part 2 30

contents

contents

contents

The Python Basics just in 1 Day!

Photo by Icons8 Team on Unsplash

PYTHON FOR THE ULTIMATE BEGINNERS PART 1

'딱 하루에 끝내는 파이썬 핵심기초'는
전체 **7**개 파트 **96**개 챕터 유닛으로
이루어져 있습니다.

첫 번째 파트는
'파이썬 시작을 위한 기초'에 대하여!입니다.
(**00-09**)

in 1 day PYTHON Basics of Python

딱 하루에 끝내는 파이썬 핵심기초
00. '파이썬 시작을 위한 기초'에 대하여!

프로그래밍을 완전 처음
시작하는 분들에게 필요한
핵심 기본 개념을 소개합니다.

프로그래밍과 파이썬의 가장 기초적인 지식이
우리의 본격적인 파이썬 학습을 돕게 될 것입니다.

몇 가지 중요한 프로그래밍 개념들과 함께
우리의 파이썬 학습으로 들어가겠습니다.

자! 그러면 가벼운 마음으로
시작해볼까요?!

딱 하루에 끝내는 파이썬 핵심기초

01. Programing이란?

우리가 **Computer [컴퓨터]**에 '명령'을 하려면
Computer가 이해할 수 있는 언어,
즉 **Programing Language**
[프로그래밍 랭귀지 : 프로그래밍 언어]로 해야 합니다.

Program [프로그램]이란
Computer에게 지시하는 일련의 내용을
논리적으로 묶어 놓은 것을 말합니다.
그리고 **Program**을 만드는 것을
Programing [프로그래밍]이라고 합니다.

Programing Language는
필요에 따라 다양하게 개발, 발전되었으며
대표적인 **Programing Language**로는
C, C++, Java, JavaScript, Ruby 등이 있습니다.

Computer
Programing Language
Program
Programing
Programer

우리는 그중에서도 가장 이해하기 쉽고
현재 가장 인기 있는 **Python [파이썬]**이라는
Programing Language를 만날 것입니다.

in 1 day PYTHON Basics of Python

딱 하루에 끝내는 파이썬 핵심기초

02. Coding이란?

우리가 **Program [프로그램]**을 만들 때,
Programing Language
[프로그래밍 랭귀지 : 프로그래밍 언어]로
한 줄 한 줄 입력하는 것을 **Code [코드]**라고 하고,
Code를 만드는 행위를 **Coding [코딩]**이라고 합니다.

몇 줄의 **Code**가 논리적으로 연결되면
이것이 **Program [프로그램]**이 됩니다.
그러니까 **Coding**은 **Programing [프로그래밍]**과
같은 말이라고 할 수 있습니다.

Coding은 기본적으로 간결해야 합니다.
너무 길거나 복잡한 **Code**는
Program의 오류로 이어집니다.

Code
Coding
Programing Language

오류의 가능성을 최소화하는 것이
Coding의 핵심이며
논리적으로 간결한 **Coding**이
가장 훌륭한 **Program**입니다.

딱 하루에 끝내는 파이썬 핵심기초
03. Python이라는 프로그래밍 언어!

● **Python [파이썬]**의 개발자 **Guido van Rossum [귀도 판 로썸]**은 읽기 쉽고, 최대한 간편한 **Programing Language** **[프로그래밍 랭귀지 : 프로그래밍 언어]**의 개발을 고민했습니다. 그리하여 마침내 현존하는 가장 직관적이고, 가장 자연어(인간의 언어)에 가까운 **Python**을 탄생시켰습니다.

Python이 다른 **Programing Language**와 비교하여 특별히 더 직관적인 이유는 영어의 구조와 매우 닮았고, 기존의 **Programing Language**에서 과용되었던 복잡한 기호나 절차를 대폭 간소화했기 때문입니다.

Python은 문법이 간결하고 쉬워서 초보 학습자에게 적합할 뿐만 아니라 상대적으로 빨리 배울 수 있습니다. 덕분에 **Python**은 그동안 세상을 지배했던 **JavaScript**, **C#**을 넘어설 수 있었고, 이제는 가장 인기 있는 언어가 되었습니다.

Google, Apple, Amazon 등 글로벌 기업에서 **Python** 개발자를 대거 채용하고 있고, **Python**으로 개발된 **YouTube**, **Dropbox**, **Instagram**, **Evernote** 등으로 **Python**의 강력한 능력을 증명했습니다.

Python은 현재 '**2.x**' 계열과 '**3.x**' 계열로 발전되었으며, 우리는 좀 더 정교하고 새로운 기능을 지원하는 **Python 3.x** 버전을 공부할 것입니다.

Guido van Rossum

in 1 day PYTHON Basics of Python

딱 하루에 끝내는 파이썬 핵심기초

04. Python을 사용하는 방법!

Python [파이썬]을 사용하는 방법은 여러 가지가 있습니다.
www.python.org에서
Python 3.x 버전을 다운로드한 후,
필요한 설치 과정을 거쳐 사용할 수 있습니다.
(**www.python.org**에서 **Python**을 무료로 배포 중)

그러나 이 방식은 마치 우리가 문서 작성을 할 때
컴퓨터에 내장된 '메모장'을 사용하는 수준이며,
보다 효과적인 문서 작성을 위해서
MS워드나 한글워드와 같은 전문적인
Text Editor [텍스트 에디터 : 문서편집기]를
사용해야 하는 것처럼
별도의 **Python**용 **Editor**를 설치해야 합니다.
(대표적인 **Editor**로는 **PYCharm, Jupiter** 등이 있습니다.)

그렇지만 우리는 이 모든 번거로운 설치 과정을 생략하고,
파이썬의 기초핵심을 단시간에 익히는
당장의 목표에 보다 집중하도록 하겠습니다.

우리는 일단 '딱 하루에 끝내는 파이썬 핵심기초'를
빠르게 읽고 이해하는 것을 최우선으로 하겠습니다.

Python 3.x

딱 하루에 끝내는 파이썬 핵심기초

05. Data란?

우리가 입력하고 출력하는 모든 것이
Data [데이터 : 데이터/자료]입니다.
단어 한 개도 **Data**이고,
백과사전도 **Data**입니다.

우리는 **Data**를 효율적으로 다루기 위해
Computer [컴퓨터]를 사용하는 것이고
이를 위해 **Program [프로그램]**을 만듭니다.

우리가 **Programing [프로그래밍]**에서
사용하는 **Data**는 기본적으로
Number [넘버 : 숫자],
Character [캐릭터 : 문자],
String [스트링 : 문자열, 문자들이 열을 지어 있는 것] 등과
기호와 같은 **Identifier**
[아이덴티파이어 : 식별자] 등이 있습니다.

결국 다양한 **Data Type [데이터 타입 : 자료 형태]**들을
어떻게 효율적으로 유용하게 만들 것인가가
Programing의 핵심입니다.

Data
Number
Character
String
Identifier
Data Type

in 1 day PYTHON Basics of Python

딱 하루에 끝내는 파이썬 핵심기초
06. Variable이란?

Programing [프로그래밍]에서 가장 중요한
개념 중에 하나가 **Variable [배리어블 : 변수]**입니다.
x = 1이라고 할 때
x는 **Variable**이라고 하고,
1은 **Value [밸류 : 값]**라고 합니다.

그러니까 **Programing**에서
Variable은 '어떤 것을 대신하는 기호/표시'라고 할 수 있으며,
Value는 '숫자나 문자열'로 된 **Data [데이터 : 자료]**를 말합니다.

Programing에서 특별히
Variable이 중요한 이유는 **Data**의 관리,
즉 수정/변경/추가/삭제 등이 용이하기 때문입니다.
아울러 반복되거나 긴 내용을 **x**, **y** 등의 약어로 대신하면
간단하게 관리할 수 있으며,
반복에 따른 수고와 오류를 피할 수 있습니다.

Python에서 기본적으로 **Variable**은
반드시 문자로 시작하며,
숫자로 시작하는 것은 피합니다. (**x = 1, y = 3.1415926**)

딱 하루에 끝내는 파이썬 핵심기초

07. Function이란?

우리가 문서 작업을 하다가 어떤 것을 지우고 싶을 때
'delete' 키를 누릅니다.
이렇게 특정 기능을 수행하도록 만든 것을
Function [펑션 : 함수/기능]이라고 합니다.
('함수'라는 말이 어려우면 '기능'으로 이해하셔도 됩니다.)

Function은 반복 작업을 할 때 보다 효율적이며,
복잡한 과정을 간단하게 처리할 수 있기 때문에
Programing [프로그래밍]에서 매우 중요합니다.

Programing Language
[프로그래밍 랭귀지 : 프로그래밍 언어]에는
기본적으로 필요한 **Function**을 이미 탑재하고 있으며
이를 **Built-in Function [빌트-인 펑션 : 내장 함수]**이라고 합니다.
(예를 들면 '연산기능', '수식변환기능' 등)
그래서 **Function**을 그 자체로 하나의
Mini Program [미니 프로그램 : 작은 프로그램]이라고도 합니다.

Function

복잡한 절차를 각각의 **Function**으로 만들어
전체 **Program**을 간결하고 가볍게 만드는 것이
Programing의 중요한 노력 중에 하나입니다.

in 1 day PYTHON Basics of Python

딱 하루에 끝내는 파이썬 핵심기초

08. Python Coding의 시작!

이제부터는 실제적인 **Coding [코딩]** 단계로 들어가겠습니다.
Coding을 하려면 **Python**이나
PYCharm, Jupiter와 같은
Python Editor [에디터 : 편집기]를 엽니다.

그러면 우리는 화면에 다음처럼
Prompt [프롬프트]라고 부르는
> Angle Bracket [앵글 브래킷 : 꺾쇠표]을 만나게 됩니다.
(**Editor**에 따라 >의 갯수가 다를 수 있으나 기본적으로 3개입니다.)

>>> 다음에 커서가 있고 바로 이 자리에
Code [코드]를 입력하고 키보드의 '엔터(리턴)'를 누르면
결과가 다음 줄에 표시됩니다.

```
>>> 1
1
```

이는 우리가 컴퓨터에게 '**1**은 무엇인가?'라고 물은 것이고,
컴퓨터는 '**1**은 **1**입니다.'라고 답한 것입니다.
이렇게 해서 나온 결과는 **Return Value [리턴 밸류 : 결과값]**라고 합니다.

딱 하루에 끝내는 파이썬 핵심기초

09. 'Hello World!'라고 출력하기!

● **Programing Language [프로그래밍 랭귀지 : 프로그래밍 언어]**
학습의 시작을 선언하는 상징적인 **Code [코드]**가 있습니다.
Hello World!라고 컴퓨터 화면에 띄우는 것입니다.
이는 컴퓨터와 함께 새로운 세계를 만난다는 의미와
Code가 정상적으로 작동하고 있음을 확인하는 것입니다.
우리의 **Python** 학습 역시 **Hello World!**라고
출력하는 것으로 시작하겠습니다.

Python에서 **Code**를 실행하여 결과를 출력하려면
print ( ) [프린트 /출력]라는 **Function [펑션 : 기능/함수]**을 사용합니다.
( ) Parentheses [퍼렌써시스 : 소괄호] 안에
다음과 같이 원하는 내용을 넣고 엔터를 하면 결과가 나옵니다.
(**print( )**처럼 붙여 써도 상관없지만 가독성을 위해 띄어 쓰겠습니다.)

```
>>> print ('Hello World!')
Hello World!
```

우리가 컴퓨터에게 **Hello World!**라고 **print ()**할 것을 명령한 것이고,
컴퓨터는 지시에 따라 **Hello World!**로 답을 출력하였습니다.
(영어권에서는 **print ( )**를 **Print out! [프린트 아웃! : 출력해라!]**으로
읽습니다.)

The Python Basics just in 1 Day!

Photo by Mario Gogh on Unsplash

PYTHON FOR THE ULTIMATE BEGINNERS PART 2

'딱 하루에 끝내는 파이썬 핵심기초'는
전체 **7**개 파트 **96**개 챕터 유닛으로
이루어져 있습니다.

두 번째 파트는
Data의 종류, '**6**가지 자료형'!입니다.
(**10-23**)

in 1 day PYTHON Basics of Python

딱 하루에 끝내는 파이썬 핵심기초
10. Data의 종류, '6가지 자료형'!

이제 본격적으로 **Data [데이터]**에 대해 알아보겠습니다.
우리가 **Python**에서 만나게 되는 **Data**는
기본적으로 **6**가지 **Data Type**
[데이터 타입 : 자료 형태]이 있습니다.

첫 번째는 **Number [넘버 : 숫자]**입니다.
두 번째는 **Character [캐릭터 : 문자]**로 이루어진
String [스트링 : 문자열]입니다.

이들 두 가지는 **Base Type [베이스 타입 : 기본형]**이라고 합니다.

그리고 세 번째는 **List [리스트 : 목록]**,
네 번째는 **List**와 유사한 **Tuple [튜플]**,
다섯 번째는 '집합'에 해당하는 **Set [셋 : 세트]**,
여섯 번째는 **Dictionary [딕셔너리 : 사전]**입니다.

이들 4가지는 **Container Type**
[컨테이너 타입 : 저장형]이라고 합니다.

자 그러면 지금부터 '파이썬 자료형의 핵심'을
차례로 만나보겠습니다.

11. 첫 번째 Data Type, Number

● 첫 번째 **Data Type [데이터 타입 : 자료 형태]**은
Number [넘버 : 숫자]입니다.

Number에는 **Integer [인티저 : 정수, 0과 양수와 음수를 포함한 수]**와
Float [플로우트 : 실수, 소수점으로 표시되는 수를 포함한 수] 등이 있습니다.

그러니까 **0, 1, 999, -1** 등과 같은 **Number**는 **Integer**이고,
0.01, 0.25, 3.14 같은 **Number**는 **Float**입니다.

(우리는 기초 단계이니까 **Complex Number**
[컴플랙스 넘버 : 복소수]는 생략하겠습니다.)

```
>>> print (0)
0
```

```
>>> print (0.25)
0.25
```

in 1 day PYTHON Basics of Python

딱 하루에 끝내는 파이썬 핵심기초

12. Number의 유형을 확인하는 Code

어떤 숫자가 **Integer [인티저 : 정수, 0과 양수와 음수를 포함한 수]**인지
Float [플로우트 : 실수, 소수점으로 표시되는 수를 포함한 수]인지
유형을 확인하려면 **Python**에 내장되어 있는
type ( ) Function [타입 펑션 : 형태 기능/함수]을 사용하면 됩니다.

괄호 안에 원하는 **Number**를 넣고
print ( ) [프린트 아웃! : 출력해라!] 하면 다음과 같은 결과가 나옵니다.

```
>>> print (type (69))
<class 'int'>
```

```
>>> print (type (3.14))
<class 'float'>
```

<class 'int'>는 **class [클래스 : 분류/종류]**가
int, 즉 **Integer**라는 것이고, **<class 'float'>**는 **Float**라는 뜻입니다.
그러니까 결국 **type ( ) Function**은
'괄호 안의 것의 **Type**을 알려줘!'라는 지시입니다.

딱 하루에 끝내는 파이썬 핵심기초

13. Number를 변환하는 Code

● **Number**의 **Data Type [데이터 타입 : 자료 형태]**을
필요에 따라 변환할 수도 있습니다.
int ( ), float ( ), round ( ) 등의
Function [펑션 : 기능/함수]을 사용합니다.
각각의 **( ) Parentheses [퍼렌써시스 : 소괄호]** 안에 변환할 숫자를 넣으면
속성을 바꿀 수 있습니다. 이때 **( ) Parentheses** 안에 들어가는 요소를
Argument [아규멘트 : 요소/인자]라고 합니다.
그러니까 **int ( )**는 괄호 안의 숫자를 **Integer [인티저 : 정수]**로,
float ( )는 **Float [플로우트 : 실수, 소수점으로 표시되는 수를 포함한 수]**로,
round ( )는 **Round [라운드 : 어림수, 소수점 이하 숫자를 반올림한 값]**로
변환합니다.

```
>>> print (int (3.14))
3
```

```
>>> print (float (4))
4.0
```

```
>>> print (round (4.8))
5
```

in 1 day PYTHON Basics of Python

딱 하루에 끝내는 파이썬 핵심기초

14. 두 번째 Data Type, String

● 두 번째 **Data Type [데이터 타입 : 자료 형태]**은
String [스트링 : 문자열]입니다. **String**은 **Character [캐릭터 : 문자]**가
순서대로 열을 지어 있는 것을 말합니다.
글자 하나, 단어, 문단, 문장이나 문장부호도 모두 **String**입니다.
Python에서는 **String**을 표시할 때 **Number [넘버 : 숫자]**와 달리
Quotation [쿼테이션 : 따옴표]을 사용합니다.
String은 ❶ **' ' Single Quotation [싱글 쿼테이션 : 작은따옴표]**,
❷ **" " Double Quotation [더블 쿼테이션 : 큰따옴표]**,
❸ **''' ''' Triple Single Quotation**
[트리플 싱글 쿼테이션 : 3중작은따옴표],
❹ **""" """ Triple Double Quotation**
[트리플 더블 쿼테이션 : 3중큰따옴표] 안에 넣어서 표시합니다.
일반적으로 **" " Double Quotation**을 사용하고,
여러 줄의 문장은 **''' ''' Triple Single Quotation**을 사용합니다.

```
>>> print ("Hello World!")
Hello World!
```

```
>>> print ('''My name is
John Wick
and I am from USA.''')
My name is John Wick
and I am from USA.
```

딱 하루에 끝내는 파이썬 핵심기초

15. String의 특징

● **String [스트링 : 문자열]**을 표시할 때는
Quotation [쿼테이션 : 따옴표]을 사용합니다.
그래서 **123**은 **Data Type [데이터 타입 : 자료 형태]**이
Number [넘버 : 숫자]이지만, **Quotation** 안의 **"123"**은
더 이상 '숫자'가 아닌 '문자열', 즉 **String**이 됩니다.

일반적으로 **" " Double Quotation**
[더블 쿼테이션 : 큰따옴표]을 사용하는
이유는 **'It's me.'**나 **'Joy's computer'**처럼 '생략/소유'를 나타내는
문장부호 **' Apostrophe [어파스트로피]**와의 혼동을 피하기 위함입니다.
그렇지 않고 **' ' Single Quotation**을 그냥 사용할 경우에는
' Apostrophe 앞에 **\ Backslash [백슬래시 : 역슬래시]**를
함께 표시하면 됩니다.
(**Windows PC**의 키보드에서는 **₩**가 **\ Backslash**입니다.)

```
>>> print ('John\'s computer')
John's computer
```

이렇게 **Coding**에 사용하는 '따옴표'나 '괄호' 등의 기호는
Delimiter [델리미터 : 구분자/구획문자]라고 합니다.

in 1 day PYTHON Basics of Python

딱 하루에 끝내는 파이썬 핵심기초

16. 세 번째 Data Type, List

세 번째 **Data Type [데이터 타입 : 자료 형태]**은
List [리스트 : 목록]입니다.
List는 '목록'으로 한 개 이상의 **Object [업젝트 : 대상]**를 담고 있습니다.

List는 여러 개의 **Object**를 한 곳에 정리하기 때문에
관리가 쉽고, 찾기도 쉬워서 가장 많이 사용하는 **Data Type**입니다.
List를 만드는 방법은 한 개 이상의 **Object**를
[ ] Square Bracket [스퀘어 브래킷 : 대괄호] 안에 담으면 됩니다.

그리고 **List** 안의 각각의 **Item [아이템 : 요소]**들은
, Comma [카마 : 쉼표]로 구분하여 나열합니다.
그래서 다음처럼 '나의 리스트'를 만들어 **print ( )** 할 수 있습니다.
Item이 한 개일 때도 **Comma**를 붙여 **List**임을 표시할 수 있습니다.

```
>>> x = ['phone', 'car', 'house']
>>> print (x)
['phone', 'car', 'house']
```

```
>>> y = ['money',]
>>> print (y)
['money']
```

딱 하루에 끝내는 파이썬 핵심기초
17. List로 만드는 Code

다른 **Data Type [데이터 타입 : 자료 형태]**을
List [리스트 : 목록]로 변환하려면,
list ( ) Function [리스트 펑션 : 목록 기능/함수]을 사용하면 됩니다.

다음과 같은 **String [스트링 : 문자열], x = 'Python'**을
list ( )로 만들어 **print ( )** 해라!라고 지시하면 됩니다.
(즉 '**print ( )**를 하는데, **x**를 **list ( )**로 만들어라!'라는 방식입니다.)

```
>>> x = ('Python')
>>> print (list (x))
['P', 'y', 't', 'h', 'o', 'n']
```

그러면 결과적으로 **'Python'**이라는 **String**을 이루고 있는
모든 철자 각각을 **List**로 분리하여 목록을 만들게 됩니다.

in 1 day PYTHON Basics of Python

딱 하루에 끝내는 파이썬 핵심기초

18. 네 번째 Data Type, Tuple

네 번째 **Data Type [데이터 타입 : 자료 형태]**은 **Tuple [튜플]**입니다.
Tuple은 일종의 **List [리스트 : 목록]**이지만,
List와 결정적으로 다른 점은
Tuple은 수정/추가/삭제 등 '변경이 불가능하다는 것'입니다.
그러니까 **Tuple**은 '순서와 갯수가 고정된 일종의 목록'입니다.

List는 **[ ] Square Bracket [스퀘어 브래킷 : 대괄호]** 안에 담지만,
Tuple은 **( ) Round Bracket [라운드 브래킷 : 소괄호]** 안에 담습니다.
그리고 **, Comma [카마 : 쉼표/콤마]**로 **Item[아이템 : 요소]**을
구분하여 표시합니다.

한 개 이상의 **Object [업젝트 : 대상]**를 담기 때문에
List처럼 **Tuple**도 **Container Type**
[컨테이너 타입 : 저장형] Data입니다.

```
>>> x = ('phone', 'car', 'house')
>>> print (x)
('phone', 'car', 'house')
```

딱 하루에 끝내는 파이썬 핵심기초

19. Tuple로 만드는 Code

● 다른 **Data Type [데이터 타입 : 자료 형태]**을
Tuple [튜플]로 변환하려면
tuple ( ) Function [튜플 펑션 : 튜플 기능/함수]을 사용하면 됩니다.

다음과 같이 **String [스트링 : 문자열] x**나, **List [리스트 : 목록] y**를
tuple ( )로 만들어 **print ( )** 해라!라고 명령하면 됩니다.
(즉 '**print ( )** 해라 **tuple ( )**로 **x, y**를!'입니다.)

```
>>> x = '123'
>>> print (tuple (x))
('1', '2', '3')
```

```
>>> y = ['phone', 'car', 'house']
>>> print (tuple (y))
('phone', 'car', 'house')
```

그러면 **String**이 각각의 목록으로 바뀌고,
[ ] Square Bracket [스퀘어 브래킷 : 대괄호] 안에 있던 **List**가
( ) Round Bracket [라운드 브래킷 : 소괄호] 안의 **Tuple**로 변환됩니다.

in 1 day PYTHON Basics of Python

딱 하루에 끝내는 파이썬 핵심기초

20. 다섯 번째 Data Type, Set

다섯 번째 **Data Type [데이터 타입 : 자료 형태]**은
Set [셋 : 세트]입니다.
Set [셋 : 세트]은 수학에서 말하는 '집합'으로
'중복된 **Item [아이템 : 요소]**을 제외한 나머지의 모음'을 말합니다.

Set을 선호하는 이유는
List나 **Tuple**보다 '처리 속도'가 빠르기 때문입니다.

Set은 **{ } Curly Bracket [컬리 브래킷 : 중괄호]** 안에 담습니다.
set ( )이라고 하고 괄호 안에 **Item**을 담아도 됩니다.
어떤 **Data**를 **Set**으로 만들면 중복된 **Item**은 제거되고,
{ } 안에 무작위 순서로 정리됩니다.

```
>>> x = 'banana'
>>> print (set (x))
{'b', 'a', 'n'}
```

```
>>> y = ['red', 'red', 'blue']
>>> print (set (y))
{'red', 'blue'}
```

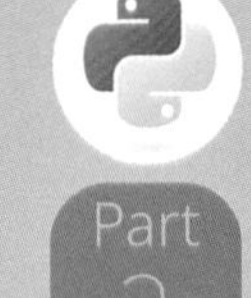

21. 여섯 번째 Data Type, Dictionary

● 여섯 번째 **Data Type [데이터 타입 : 자료 형태]**은
Dictionary [딕셔너리 : 사전]입니다.
Dictionary는 '사전'처럼 '단어 : 의미'의 형식으로
정리된 **Data**를 말합니다.

그래서 **Dictionary**는 반드시 **A : B**의 형태이며,
이때 **A**는 **Key [키 : 키]**라고 하고, **B**는 **Value [밸류 : 값]**라고 합니다.

Dictionary는 **Key : Value Pair [키 : 밸류 페어 : 키 : 값 쌍]** 개념 이해가
가장 중요합니다. 그리고 이렇게 **Key**와 **Value**로 각각의 **Data**를
대응시키는 것을 **Mapping [매핑 : 대응/변환]**이라고 합니다.

Dictionary를 만드는 방법은 **{ } Curly Bracket [컬리 브래킷 : 중괄호]**
안에 **A : B**처럼 **: Colon [콜런 : 쌍점]**으로 쌍으로 정리하고,
, Comma [카마 : 콤마/쉼표]로 **Item**을 구분하여 나열하면 됩니다.

```
    >>> x = {'apple' : 'red',
'kiwi' : 'green'}
    >>> print (x)
    {'apple' : 'red', 'kiwi' :
'green'}
```

in 1 day PYTHON Basics of Python

딱 하루에 끝내는 파이썬 핵심기초

22. Dictionary의 Nesting

Dictionary [딕셔너리 : 사전]의 유용한 기능으로
Nesting [네스팅 : 내포화]이라는 것이 있습니다.
Nesting은 쉽게 말해서 **Dictionary** 안에
또 다른 작은 **Dictionary**를 담는 것을 말합니다.
마치 새집 안에 새가 있고, 그 새가 새알을 품고 있는 형태여서
Nesting (알품기)이라고 합니다.

예를 들어 '성명'이라는 **Dictionary** 안에 '이름'과 '성'으로
다시 더 분류하면 이것이 **Nesting**입니다.
결국 두 쌍의 **{ } Curly Bracket [컬리 브래킷 : 중괄호]**이 만들어집니다.
(**'name' - 'first name' - 'Tom' - 'last name' - 'Ford'**)
그래서 예를 들어 '성'이나 '이름'을 각각 출력하려면 다음과 같습니다.

```
>>> X = {'name':{'first':'Tom','last':'Ford'}}
>>> print (x ['name'] ['first'])
Tom
```

```
>>> X = {'name':{'first':'Tom','last':'Ford'}}
>>> print (x ['name'] ['last'])
Ford
```

23. 6가지 Data Type의 핵심 총정리!

● 지금까지 우리가 공부한 **6**가지 **Data Type**
[데이터 타입 : 자료 형태]의 핵심을
총정리하고 다음으로 넘어가겠습니다.

❶ **Number [넘버 : 숫자]**의 종류에는
Integer [인티저 : 정수]와 **Float [플로우트 : 실수]** 등이 있습니다.

❷ **String [스트링 : 문자열]**은
Quotation [쿼테이션 : 따옴표] 안에 표시합니다.

❸ **List [리스트 : 목록]**는
[ ] Square Bracket [스퀘어 브래킷 : 대괄호]에 넣습니다.

❹ **Tuple [튜플 : 수정 불가능한 목록]**은
( ) Round Bracket [라운드 브래킷 : 소괄호]에 넣습니다.

❺ **Set [셋 : 세트/집합]**은
{ } Curly Bracket [컬리 브래킷 : 중괄호] 안에 정리합니다.

❻ **Dictionary [딕셔너리 : 사전]**는
Key : Value Pair [키 : 밸류 페어 : 키 : 값 쌍]로 정리합니다.

The Python Basics just in 1 Day!

Photo by Kelly Sikkema on Unsplash

PYTHON FOR THE ULTIMATE BEGINNERS PART 3

'딱 하루에 끝내는 파이썬 핵심기초'는
전체 **7**개 파트 **96**개 챕터 유닛으로
이루어져 있습니다.

세 번째 파트는
Data를 다루는 도구, '연산자'에 대하여!입니다.
(**24-38**)

in 1 day PYTHON Basics of Python

딱 하루에 끝내는 파이썬 핵심기초
24. Data를 다루는 도구, '연산자'에 대하여!

우리는 바로 이전까지 **Data Type [데이터 타입 : 자료 형태]**
각각의 특성에 대해 살펴보았습니다.
지금부터는 이러한 다양한 **Data**를 다룰 때 필요한 '도구',
즉 '연산자'에 대해 알아보겠습니다.

'연산'이란 '계산하는 규칙'을 뜻하며,
이때 사용하는 기호가 바로 **Operator [오퍼레이터 : 연산자]**입니다.
Data [데이터 : 자료]를 다룸에 있어서
Operator는 보다 편리하고 효율적인 방법을 제공합니다.

Programing [프로그래밍]에서 자주 사용하는
가장 대표적인 **Operator**들을 소개합니다.

❶ **Arithmetic Operator [어리스메틱 오퍼레이터 : 산술 연산자]**

❷ **Comparison Operator [컴패리슨 오퍼레이터 : 비교 연산자]**

❸ **Assignment Operator [어싸인먼트 오퍼레이터 : 지정 연산자]**

❹ **Logical Operator [로지컬 오퍼레이터 : 논리 연산자]**

❺ **in Operator [인 오퍼레이터 : in 연산자]**와
not in Operator [낫 인 오퍼레이터 : not in 연산자]

25. 연산자 첫 번째 : Arithmetic Operator

● 첫 번째 **Operator [오퍼레이터 : 연산자]**는 +, -, *, / 등으로 이루어진 **Arithmetic Operator [어리스메틱 오퍼레이터 : 산술 연산자]**입니다.
덧셈, 뺄셈, 곱셈, 나눗셈, 나머지 등 산술에 필요한 기호들입니다.

기호	이름	의미
+	**Plus**	**[플러스 : 더하기]**는 더할 때
-	**Minus**	**[마이너스 : 빼기]**는 뺄 때
*	**Asterisk**	**[애스터리스크 : 곱하기]**는 곱할 때
/	**Forward Slash**	**[포워드슬래시 : 나누기]**는 몫을 구할 때
//	**Two Forward Slash**	**[투 포워드슬래시 : 나누기]**는 값의 나머지 소수점 이하는 삭제 처리할 때
%	**Per Cent**	**[퍼센트 : 나머지]**는 나눈 값의 나머지를 구할 때
**	**Exponentiation**	**[엑스포넨시에이션 : 지수승]**은 지수만큼 곱할 때 사용합니다.

```
>>> print (3 * 3)
9
```

in 1 day PYTHON Basics of Python

딱 하루에 끝내는 파이썬 핵심기초

26. Arithmetic Operator의 우선 순위

Arithmetic Operator [어리스메틱 오퍼레이터 : 산술 연산자]는 기본적으로 '좌측에서 우측의 순서'로 계산이 진행됩니다. 그리고 * (곱하기)와 / (나누기)는 + (더하기), - (빼기)보다 우선적으로 처리됩니다.

특별히 우선적으로 처리하려면
( ) Parentheses [퍼렌써시스 : 소괄호]로 표시하면 됩니다.
( )는 **Round Bracket [라운드 브래킷 : 소괄호]**이라고도 합니다.
그러니까 우선적으로 해야할 부분은 **( )** 처리하면 됩니다.

```
>>> print ((4 + 3) * 3 + 2)
23
```

```
>>> print (4 + (3 * 3) + 2)
15
```

A + B에서 **+**는 **Operator [오퍼레이터 : 연산자]**이고,
A나 **B**는 **Operand [오퍼랜드 : 피연산자]**라고 합니다.

27. Arithmetic Operator의 연결과 복제

● **Arithmetic Operator [어리스메틱 오퍼레이터 : 산술 연산자]**는
기본적으로 **Number [넘버 : 숫자] Data [데이터 : 자료]**를
다룰 때 사용합니다. 그러나 특별히 **+ Plus [플러스 : 더하기]**와
*** Asterisk [애스터리스크 : 곱하기]**는
다른 **Data Type [데이터 타입: 자료 형태]**에서도 사용할 수 있습니다.

다른 **Data Type**에서 사용하면
+ Plus [플러스 : 더하기]는 합치는 역할을 하고,
*** Asterisk [애스터리스크 : 곱하기]**는 반복하는 역할을 합니다.
+ 하는 것을 **Concatenating [컨케트네이팅 : 연결/병합하기]**이라고 하고,
***** 하는 것을 **Repeating [리피팅 : 반복하기]** 또는
Replication [레플러케이션 : 복제]이라고 합니다.

```
>>> x = 'hand'
>>> y = 'phone'
>>> print (x + y)
handphone
```

```
>>> z = ['hand', 'phone']
>>> print (z * 2)
['hand', 'phone', 'hand', 'phone']
```

in 1 day PYTHON Basics of Python

딱 하루에 끝내는 파이썬 핵심기초
28. 연산자 두 번째 : Comparison Operator

두 번째 **Operator [오퍼레이터 : 연산자]**는
Comparison Operator [컴패리슨 오퍼레이터 : 비교 연산자]입니다.
우리가 수학 시간에 배운 '부등호' (〉, ≧, ≠ ...)를
Python 방식으로 표현합니다.
Comparison Operator는
좌우의 **Object [업젝트 : 대상]**를 비교합니다.

수학기호	Python	의미
=	==	**Equal to** 같음
≠	!=	**Not equal to** 같지 않음
〉	>	**Greater than** 보다 큼
〈	<	**Less than** 보다 작음
≧	>=	**Greater than or equal to** 크거나 같음
≦	<=	**Less than or equal to** 작거나 같음
A = B	**A == B**	**A**는 **B**와 같음
A ≠ B	**A != B**	**A**는 **B**와 같지 않음
A 〉 B	**A > B**	**A**는 **B**보다 큼
A 〈 B	**A < B**	**A**는 **B**보다 작음
A ≧ B	**A >= B**	**A**는 **B**보다 크거나 같음
A ≦ B	**A <= B**	**A**는 **B**보다 작거나 같음

29. 참과 거짓의 Boolean Expression

● 자! 그러면 **Comparison Operator**
[컴패리슨 오퍼레이터 : 비교 연산자]를 코드로 실행해보겠습니다.
다음과 같이 **2 == 2**와 **2 == 3**을 각각 입력합니다.
그리고 어떤 결과가 나오는지 **print ( )** 해봅시다.

```
>>> print (3 == 3)
True
```

```
>>> print (3 == 4)
False
```

결과는 각각 **True [트루]**와 **False [펄스]**,
즉 '참'과 '거짓'으로 나옵니다.

이렇게 '맞았다!' 또는 '틀렸다!'라고 답하는 방식을
Boolean Expression [불리언 익스프레션 : 불의 표현식]이라고 합니다.
수학자 **George Boole [조지 불]**이 만든 표현식에서 따온 이름입니다.
(간단하게 **Boolean** 또는 **Boole**이라고도 합니다.)

in 1 day PYTHON Basics of Python

딱 하루에 끝내는 파이썬 핵심기초

30. 연산자 세 번째 : Assignment Operator

● 대부분의 **Comparison Operator**
[컴패리슨 오퍼레이터 : 비교 연산자]는 우리에게 이미 익숙하지만
Python에서의 **= Equal [이퀄 : 등호]**은
조금 다른 이해가 필요합니다.
즉 우리가 알고 있는 수학에서의 **= Equal [이퀄 : 등호]**이
Python에서는 **== Double Equal [더블 이퀄 : 이중 등호]**이고,
Python에서 사용하는 하나의 **= Equal**은
'~라고 대신하자/~라고 하자'라는 뜻으로 사용합니다.
즉, '대신하여 지정한다'는 뜻입니다.

```
>>> x = Apple
>>> y = Banana
>>> print (x + y)
AppleBanana
```

그러니까 '**a**는 **Apple**이라고 하고, **b**는 **Banana**라고 하자,
그리고 이 둘을 더한 값을 프린트 해라!'라는 뜻이 되겠습니다.
이렇게 **=**을 기반으로 만들어진 연산자를
Assignment Operator
[어싸인먼트 오퍼레이터 : 지정 연산자]라고 합니다.

31. 연산자 Assignment Operator의 이해

● **Assignment Operator**는 **Arithmetic Operator** 뒤에 =을 붙인 형태입니다. 의미는 **x += 1**은, 즉 **x = x + 1**, '**x**는 **x**에 **1**을 더한다.'라는 뜻입니다. 같은 방식으로 **x -= 1**은 '**x**는 **x**에서 **1**을 뺀다.', **x *= 1**은 '**x**는 **x**에 **1**을 곱한다.' **x /= 1**은 '**x**는 **x**에 **1**을 나눈다.' ... 등의 뜻입니다.
그러니까 **x += 1**은 **x = x + 1**의 '약칭'이라고 생각하면 됩니다.

기호	예	의미
=	x = 1	x = 1
+=	x += 1	x = x + 1
-=	x -= 1	x = x - 1
*=	x *= 1	x = x * 1
/=	x /= 1	x = x / 1
//=	x //= 1	x = x // 1
%=	x %= 1	x = x % 1
**=	x **= 1	x = x ** 1

```
>>> x = 2
>>> x *= 5
>>> print (x)
10
```

in 1 day PYTHON Basics of Python

딱 하루에 끝내는 파이썬 핵심기초

32. 연산자 네 번째 : Logical Operator

Logical Operator [로지컬 오퍼레이터 : 논리 연산자]는
Boolean Expression [불리언 익스프레션 : 불의 표현식]과
결합하여 사용할 수 있습니다.

대표적인 **Logical Operator**로는
and [앤드 : 그리고], **or [오어 : 또는]**,
not [낫 : 아니다] 등이 있습니다.

이들 각각은 **and Operator**, **or Operator**,
not Operator라고도 합니다.

이름	예	의미
and	**A and B**	**A**도 참이고 **B**도 참일 때 참의 값을 갖는다.
or	**A or B**	**A** 또는 **B**가 참일 때 참의 값을 갖는다.
not	**not A**	**A**가 참이 아닐 때 참의 값을 갖는다.

33. and Operator의 이해

● **Logical Operator [로지컬 오퍼레이터 : 논리 연산자]**의
작동방식을 하나씩 확인해 보겠습니다.

먼저 **and Operator [앤드 오퍼레이터 : 그리고 연산자]**는
둘 다 **True**일 때만 '참'입니다.
둘 중에 하나라도 **True**가 아니면 **False**입니다.

```
>>> print (True and True)
True
```

```
>>> print (True and False)
False
```

```
>>> print (False and False)
False
```

in 1 day PYTHON Basics of Python

딱 하루에 끝내는 파이썬 핵심기초

34. or Operator의 이해

다음은 **or Operator [오어 오퍼레이터 : 또는 연산자]**입니다.
or는 둘 중에 하나만 **True**여도 '참'입니다.

```
>>> print (True or False)
True
```

```
>>> print (False or True)
True
```

```
>>> print (False or False)
False
```

35. not Operator의 이해

● 이번에는 **not Operator [낫 오퍼레이터 : 아니다 연산자]**입니다.
not True는 **False**이고, **not False**는 **True**입니다.
'참이 아니니까 거짓'이고,
'거짓이 아니니까 참'인 것입니다.

```
>>> print (not False)
True
```

```
>>> print (not True)
False
```

결국 **Logical Operator [로지컬 오퍼레이터 : 논리 연산자]**는
글자 그대로 논리적으로 말이 되는지
그렇지 않은지를 확인하는 도구입니다.

in 1 day PYTHON Basics of Python

딱 하루에 끝내는 파이썬 핵심기초

36. 연산자 다섯 번째 : in, not in Operator

특정한 **Number [넘버 : 숫자]**, **Character [캐릭터 : 문자]**, **Item [아이템 : 요소]**이 존재하는지 그렇지 않는지 확인할 때 사용하는 것이 **in Operator [인 오퍼레이터 : in 연산자]** 또는 **not in Operator [낫 인 오퍼레이터 : not in 연산자]**입니다.

in 또는 **not in Operator**로 존재를 확인했을 때, 있으면 **True [트루 : 참]**, 없으면 **False [펄스 : 거짓]**로 결과가 나옵니다.

이렇게 존재의 유무를 확인하는 **in** 또는 **not in**을 **Membership Operator [멤버쉽 오퍼레이터]**라고 합니다.
쉽게 얘기해서 '회원인지 아닌지를' 확인하는 것이죠.

```
>>> x = 'Melon'
>>> print ('n' in x)
True
```

```
>>> x = 'Melon'
>>> print ('s' in x)
False
```

딱 하루에 끝내는 파이썬 핵심기초
37. in, not in Operator의 이해

● 알파벳 언어권 사람들은 **'n' in a**라는 **Code**를 읽을 때,
자동적으로 **Is 'n' in a?** (**a** 안에 **'n'**이 있습니까?)라고 말합니다.

이는 영어 문장이라고 했을 때 '의문사가 없는 의문문'에 해당하고,
때문에 대답은 자연스럽게 '네', '아니오'에 해당하는
True [트루 : 참], **False [펄스 : 거짓]**가 나오게 됩니다.

```
>>> x = ['apple', 'banana']
>>> print ('apple' in x)
True
```

```
>>> x = ['apple', 'banana']
>>> print ('cherry' in x)
False
```

```
>>> x = ['apple', 'banana']
>>> print ('banana' not in x)
False
```

in 1 day PYTHON Basics of Python

딱 하루에 끝내는 파이썬 핵심기초
38. 5가지 '연산자' 핵심 총정리

우리가 만난 **5**가지 **Operator**의 핵심을 총정리하면 다음과 같습니다.

❶ **+, -, *, /, %, **** 등은
Arithmetic Operator [어리스메틱 오퍼레이터 : 산술 연산자]입니다.

❷ **==, !=, >, <, >=, <=** 등은
Comparison Operator [컴패리슨 오퍼레이터 : 비교 연산자]입니다.

❸ **=**을 기반으로 만들어진 것은
Assignment Operator [어싸인먼트 오퍼레이터 : 지정 연산자]입니다.

❹ **and**, **or**, **not** 등은
Logical Operator [로지컬 오퍼레이터 : 논리 연산자]입니다.

❺ 존재의 유무는 **in Operator [인 오퍼레이터 : in 연산자]**와
not in Operator [낫 인 오퍼레이터 : not in 연산자]로 확인합니다.

Part
3
Code
today
and make
someone
smile
tomorrow.

The Python Basics just in 1 Day!

Photo by bantersnaps on Unsplash

PYTHON FOR THE ULTIMATE BEGINNERS PART 4

'딱 하루에 끝내는 파이썬 핵심기초'는
전체 **7**개 파트 **96**개 챕터 유닛으로
이루어져 있습니다.

네 번째 파트는
'순서'와 관련된 핵심 개념들!입니다.
(**39-44**)

in 1 day PYTHON Basics of Python

딱 하루에 끝내는 파이썬 핵심기초

39. '순서'와 관련된 핵심 개념들!

Data [데이터 : 자료]를 다룰 때
특별히 순서가 중요하거나
순서에 따라 식별해야 할 경우가 많습니다.

요소의 순서나 위치가 달라서 다른 **Data**가 되기도 하고,
순서나 위치의 변화/조작을 통해
새로운 **Data**를 생성해낼 수도 있습니다.

Data 안에서 각 **Item [아이템 : 아이템/항목]**의
정확하고 효율적인 구별 방법으로써의
'순서'라는 개념이 중요한 이유입니다.

지금부터는 순서와 관련된 대표적인 **3**가지 개념을 확인하겠습니다.

1. **Index [인덱스 : 색인/순서]**는 **Item**의 위치/순서를 표시합니다.
2. **Slicing [슬라이싱 : 자르기/구간]**은 **Item**의 구간을 표시합니다.
3. **Step [스텝 : 건너뛰기/간격]**은 **Item**의 간격을 표시합니다.

40. 위치/순서를 표시하는 Index

● **Number [넘버 : 숫자]**나 **String [스트링 : 문자열]**처럼
List [리스트 : 목록]나 **Tuple [튜플]** 등도
Sequence [시퀀스 : 순서]가 중요합니다.
순서가 달라지면 다른 숫자가 되고,
다른 문장이 되는 것처럼 말입니다.

이렇게 **Sequence**가 중요한
Data Type [데이터 타입 : 자료형태]을 다룰 때,
즉 순서를 다룰 때 필요한 개념이
바로 **Index [인덱스 : 색인/순서]**입니다.
Index는 항목의 위치/순서를 번호로 표시하는 것입니다.
순서의 시작은 **0**번부터이며,
맨 뒤에서부터의 위치는 **-1**번부터입니다.

Warm up!이라는 **String**으로 예를 들면 **0**번째는 **W**,
쉼표 등의 문장부호와 공백도 모두 각각 한 자리를 차지하며,
뒤에서부터의 순서는 **-1**번이고,
그래서 **-1**번째는 **!**이며 **-8**번째는 **W**입니다.

W	a	r	m		u	p	!
0	1	2	3	4	5	6	7
-8	-7	-6	-5	-4	-3	-2	-1

in 1 day PYTHON Basics of Python

딱 하루에 끝내는 파이썬 핵심기초

41. Index의 이해

● **Index**는 **Object**의 위치를 **[ ] Square Bracket**
[스퀘어 브래킷 : 대괄호] 안에 숫자로 표시합니다.
그리고 **print ( )**하면 결과를 확인할 수 있습니다.
(이때 **[ ]**은 **Index Operator [인덱스 오퍼레이터 : 색인 연산자]**입니다.)

```
>>> x = 'Warm up!'
>>> print (x [3])
m
```

Data 안의 **Item [아이템 : 요소]**을 '변경'할 때도
Index [인덱스 : 색인/순서]를 사용합니다. 변경은 **Item**을
= [어싸인먼트 오퍼레이터 : 지정 연산자]로 새로 지정해주면됩니다.
0번째 위치의 요소를 새로 지정하고
print ( ) 하면 다음과 같이 변경됩니다.

```
>>> y = ['phone', 'car']
>>> y [0] = 'house'
>>> print (y)
['house', 'car']
```

42. 구간을 표시하는 Slicing

● **Slicing [슬라이싱 : 자르기]**은
Item [아이템 : 요소]의 '구간'을 표시합니다.
Slicing은 **[ ] Square Bracket [스퀘어 브래킷 : 대괄호]** 안에
[x : y]로 표시하며 **x**는 시작점이고 **y**는 끝점입니다.
구간은 **: Colon [콜런 : 쌍점]**으로 구분합니다.
: Colon은 예를 들어 '1에서 3까지'처럼 범위를 나타냅니다.

Index가 **0**부터 시작하는 **Item**의 위치를 나타낸다면,
Slicing은 **Item** 사이의 경계를 나타내기 때문에 **y-1**의 상황이 됩니다.

그리고 **[:]**처럼 아무 표시가 없으면
처음부터 끝까지 전부를 의미합니다.
[x :]는 **x**에서부터 끝까지이고,
[: y]는 처음부터 **y-1**번째까지입니다.
그리고 **[-1]**처럼 음수로 쓰면 뒤에서부터 첫 번째 자리를 의미합니다.

x라는 **String 'Python'**에서 처음부터 두 번째 글자인 **Py**를
Slicing하려면 다음처럼 하면 됩니다.

```
>>> x = 'Python'
>>> print (x [:2])
Py
```

in 1 day PYTHON Basics of Python

딱 하루에 끝내는 파이썬 핵심기초

43. List의 Slicing

List [리스트 : 목록]를 **Slicing [슬라이싱 : 자르기]**하면
구간 내에 존재하는 **Item [아이템 : 요소]**을 표시할 수 있습니다.

```
>>> x = ['apple', 'banana', 'cherry']
>>> print (x [:2])
['apple', 'banana']
```

```
>>> x = ['apple', 'banana', 'cherry']
>>> print (x [1:3])
['banana', 'cherry']
```

```
>>> x = ['apple', 'banana', 'cherry']
>>> print (x [:])
['apple', 'banana', 'cherry']
```

```
>>> x = ['apple', 'banana', 'cherry']
>>> print (x [:-2])
['apple', 'banana']
```

44. 간격을 표시하는 Step

Item [아이템 : 요소]의 '간격'은
Step [스텝 : 건너뛰기]으로 표시합니다.

Step은 건너뛰고 싶은 만큼을 숫자로 표시하면 됩니다.
그러니까 **[x : y : z]**하면
x는 시작점, **y**는 **y-1**의 끝점,
그리고 **z**는 건너뛰는 범위가 됩니다. **[Start : End : Step]**

그래서 **[: : 2]**는 처음부터 끝까지 전체에서
'처음을 시작으로 두 번씩 건너 뛰어라!'는 뜻입니다.

```
>>> x = ['apple', 'banana', 'cherry']
>>> print (x [ : : 2])
['apple', 'cherry']
```

```
>>> y = ('bike', 'pc', 'tv', 'phone')
>>> print (y [ : : 3])
('bike', 'phone')
```

The Python Basics just in 1 Day!

Photo by Johnson Wang on Unsplash

PYTHON FOR THE ULTIMATE BEGINNERS PART 5

Python for the Ultimate Beginners

'딱 하루에 끝내는 파이썬 핵심기초'는
전체 **7**개 파트 **96**개 챕터 유닛으로
이루어져 있습니다.

다섯 번째 파트는
'펑션/메소드/포멧'의 핵심!입니다.
(**45-65**)

in 1 day PYTHON Basics of Python

딱 하루에 끝내는 파이썬 핵심기초
45. '펑션/메소드/포멧'의 핵심!

이번에는 **Data**를 다루는 '방식/방법' 등에 해당하는
Function [펑션 : 함수/기능],
Method [메서드 : 방법], 그리고
Format [포멧 : 틀]의 핵심을 정리해보겠습니다.

Data Type [데이터 타입 : 자료 형태]이
'요리 재료'라면
Operater [오퍼레이터 : 연산자]는
'요리 도구'라고 할 수 있고,
Function, Method, Format은
'요리법'이라고 할 수 있습니다.
그만큼 중요한 부분이라고 말할 수 있습니다.

Function, Method, Format은
'아주 작은 프로그램'이라고 말할 수 있어서
우리는 **Function, Method, Format**과 함께
Data를 좀 더 효율적으로 다루는 방법들을 만날 것입니다.

46. Data를 다루는 '기능', Function

● 대용량의 문서에서 어떤 단어를 교체해야 할 때,
일일이 하나씩 찾아서 다시 고쳐쓰기보다는
'찾아 바꾸기'라는 '기능'으로 일괄 변환하면
간단하게 그리고 순식간에 처리할 수 있습니다.
이렇게 특정한 기능을 수행하도록 만든 것을
Function [펑션 : 함수/기능]이라고 합니다.

그리고 **Python**에는 '계산'과 같이 자주 사용하는
기본적인 기능들이 이미 탑재되어 있습니다.
이렇게 이미 준비되어 있는 것을
Built-in Function [빌트-인 펑션 : 내장 함수]이라고 합니다.
('함수'라는 말이 어려우면 '기능'으로 이해하셔도 됩니다.)

우리가 이미 앞에서 배운 **print ( ) Function**이 바로 그것입니다.
print는 **Function**의 이름이고, **print**하게 될
( ) Round Bracket [라운드 브래킷 : 소괄호] 안의 내용을
Argument [아규멘트 : 인자]라고 부릅니다.
그래서 **print ( )**는 **( )** 안의 **Argument**를 '인쇄/출력하라!'는 뜻이며,
이렇게 해서 나온 결과가 **Return Value [리턴 밸류 : 결과값]**가 됩니다.

Function이 필요한 이유는 자주 사용하는
반복적인 **Code [코드]**를 정리하여 간편하게 사용하고,
전체 **Program**을 간결하고 가볍게 만들 수 있기 때문입니다.

in 1 day PYTHON Basics of Python

딱 하루에 끝내는 파이썬 핵심기초

47. '총합'을 구하는 sum ( ) Function

● 간단하면서 유용한 **Function [펑션 : 함수/기능]**으로 시작하겠습니다.

Number Data [넘버 데이터 : 숫자 자료]의 '총합'을 구할 때
사용하는 것이 **sum ( ) Function [썸 펑션 : 합계 함수/기능]**입니다.

```
>>> x = [2, 4, 6]
>>> sum (x)
12
```

print ( ) [프린트 펑션]을 함께 사용할 수 있으며,
결과적으로 두 개의 **Function**을 함께 사용하는 방식이 됩니다.

```
>>> x = [2, 4, 6]
>>> print (sum (x))
12
```

딱 하루에 끝내는 파이썬 핵심기초

48. '길이'를 구하는 len ( ) Function

어떤 **Data [데이터 : 자료]**의 '길이/갯수'를 확인할 때 사용하는 것이 **len ( ) Function [렌 펑션 : 길이 함수/기능]**입니다.
len은 **Length [렝스 : 길이]**의 축약표현입니다.

그래서 **len ( )**으로 어떤 **String [스트링 : 문자열]** 안에 있는
'문자의 갯수'를 확인할 수 있고, (공백도 갯수에 포함합니다.)
어떤 **List [리스트 : 목록]**나 **Tuple [튜플],**
Dictionary [딕셔너리 : 사전] 등에서
'아이템의 갯수'를 확인할 수 있습니다.

```
>>> x = 'My Python'
>>> print (len (x))
9
```

```
>>> y = ['dog', 'cat', 'bird']
>>> print (len (y))
3
```

딱 하루에 끝내는 파이썬 핵심기초
49. '최대치'를 찾는 max ( ) Function

max ( ) Function [맥스 펑션]의
max는 **Maximum [맥시멈 : 최대치]**이라는 뜻으로
가장 큰 숫자나 알파벳 순서 상 가장 뒤에 나오는 문자를 말합니다.
그래서 **victory**라는 7개의 문자로 된
String [스트링 : 문자열]의 '최대치'를
max ( ) Function으로 **print ( )**하면 알파벳 순서 상
가장 뒤에 나오는 문자인 **y**가 답으로 나옵니다.

```
>>> x = 'victory'
>>> print (max (x))
y
```

List [리스트 : 목록]나 **Tuple [튜플]** 등의 **Item [아이템 : 요소]**으로 구성된
Data에서 '최대치'란 첫 글자가 알파벳 순서 상
가장 나중에 나오는 **Item**을 말합니다. ('숫자'보다 '알파벳'이 큽니다.)

```
>>> x = ['dog', 'cat', 'bird']
>>> print (max (x))
dog
```

50. '최소치'를 찾는 min ( ) Function

min ( ) Function [민 펑션]의 **min**은
Minimum [미니멈 : 최소치]으로
가장 작은 숫자나 알파벳 순서 상 가장 먼저 나오는 문자를 뜻합니다.
(공백이 있는 **String [스트링 : 문자열]**에서는 공백이 최소값입니다.)

```
>>> x = '6 Man'
>>> print (min (x))

>>>
```

'공백'이 가장 작은 값이어서 별도의 표시가 없는 결과가 나왔습니다.

List [리스트 : 목록]나 **Tuple [튜플]** 등의 **Item [아이템 : 요소]**으로 구성된
Data에서 '최소치'란 첫 글자가 알파벳 순서 상
먼저 나오는 **Item**을 말합니다. ('알파벳'보다 '숫자'가 작습니다.)

```
>>> y = ('phone', 'tv', '1 bike')
>>> print (min (y))
1 bike
```

in 1 day PYTHON Basics of Python

딱 하루에 끝내는 파이썬 핵심기초

51. 요소를 '삭제'하는 del ( ) Function

Data [데이터 : 자료]에서 어떤 요소의 삭제는
del ( ) Function [델 펑션 : 삭제 기능/함수]을 사용합니다.
del [델]은 **Delete [딜리트 : 삭제]**의 약자입니다.

삭제하는 방법은 **del (x [2])** 즉 '**x**에서 **2**번째의 요소를 삭제해라!'처럼
Index [인덱스 : 색인/순서]의 숫자를
[ ] Square Bracket [스퀘어 브래킷 : 대괄호] 안에 표시합니다.
(이때 **[ ]**은 **Index Operator [인덱스 오퍼레이터 : 색인 연산자]**라고
합니다.)
del (x [2])에서 **Index 2**번째란 앞에서 배운 것처럼
0부터 시작해서 계산한 위치를 뜻합니다.
뒤에서부터 순서를 셀 때는 **-1**부터 시작합니다.

아래와 같이 **del (x [1])**하고 **print (x)**해보면
삭제된 요소는 더 이상 **x**에 존재하지 않는다는 것을 알 수 있습니다.

```
>>> x = ['apple', 'banana', 'cherry']
>>> del (x [1])
>>> print (x)
['apple', 'cherry']
```

52. 나의 Function을 만드는 공식!

● 필요한 **Function [펑션 : 함수/기능]**을 내가 직접 만들 수 있습니다.
(이를 '사용자 정의 함수'라고 합니다.)
Function을 만들려면 제일 먼저 **Definition**
[데피니션 : 정의], 즉 '이름'을 정합니다.
형식은 **def** 이름 **( ) :** 입니다. (예 : **myPlus, my_plus** 등)

그리고 **( ) Round Bracket [라운드 브래킷 : 소괄호]** 안에는
Parameter [패러미터 : 매개변수]를 넣습니다.
그리고 **: Colon [콜런 : 쌍점]**으로 마무리합니다.

다음은 어떤 기능을 수행할지를 정합니다.
수행 부분은 들여쓰기 합니다.
그리고 다시 **Function**의 이름과 '값'을 입력하고
2번 줄바꿈을 하면 결과가 나옵니다.
다음은 **my-hi**라는 이름의 **Function**으로 '이름'을 입력하면
자동적으로 **Hi,** 라는 인사말이 붙도록 만드는 기능입니다.

```
>>> def my_hi (name):
>>>     print ('Hi, ' + name)

>>> my_hi ('Tom')

Hi, Tom
```

딱 하루에 끝내는 파이썬 핵심기초

53. 나의 Function을 만드는 2가지 방식!

● **Function**은 다음과 같이 **2**가지 목적으로 만들 수 있습니다.

❶ 임무를 수행하는 **Function :**
첫 번째의 경우는 **print ()**처럼 특별한 기능을 수행하는 **Function**입니다.

```
>>> def my_hi (name):
>>>     print ('Hi, ' + name)

>>> my_hi ('Tom')

Hi, Tom
```

❷ 값을 반환하는 **Function :**
두 번째의 경우는 **return ()**처럼 계산값을 반환하는 **Function**입니다.

```
>>> def my_sum (x, y):
>>>     return x + y

>>> print (my_sum (1, 2))

3
```

54. 나의 '곱하기' Function 만드는 법!

● '곱셈' 기능을 실행하는 나만의 **Function**을 만들어보겠습니다.
두 값을 정하면 자동으로 곱셈값을 출력하는 기능입니다.

먼저 **Function**을 **Definition [데피니션 : 정의]**,
즉 '이름'을 임의로 정합니다.
형식은 **def** 이름 **( ) :** 입니다. 이름은 가능하면 간단하게
그러면서도 짐작 가능한 것이 좋습니다. (예 : **mySum, my_total** 등)
그리고 **( ) Round Bracket [라운드 브래킷 : 소괄호]** 안에는
각각의 **Parameter [패러미터 : 매개변수]**를 넣습니다. (예 : **x, y** 등)
그리고 **: Colon [콜런 : 쌍점]**으로 마무리합니다.

다음은 어떤 값이 반환될지를 정합니다.
반환값은 **return [리턴 : 반환/리턴]**으로 나타냅니다.
return은 탭으로 들여쓰기 합니다.
'곱하기' **Function**이니까 곱하기 공식을 쓰면 됩니다.
그리고 **print (my_total (2, 3))** 두 값을 입력하면 완성입니다.

```
>>> def my_total (x, y):
>>>     return x * y

>>> print (my_total (2, 3))

6
```

in 1 day PYTHON Basics of Python

딱 하루에 끝내는 파이썬 핵심기초

55. Data를 다루는 '방법', Method

Data를 다루는 방식으로 **Function [펑션 : 기능/함수]**과 함께 많이 사용하는 것이 **Method [메써드 : 방법]**입니다.
(**Method**의 사전적인 의미는 '이미 정해진 방법'입니다.)

Function [펑션 : 기능/함수]과 비교할 때,
Method [메써드 : 방법]는 좀 더 세부적이고 구체적인
Data 가공을 실행한다고 볼 수 있습니다.
Function과 **Method**는 생김새가 다릅니다.

Function (Object)	Object . Method ( )

그러니까 **Function**은 **print (x)**의 형태라면, (**x**를 프린트해라!)
Method는 **x . append (y)**의 형태입니다. (**x**에 **y**를 추가해라!)
마치 **Function**이 직접목적어를 필요로 하고,
Method는 간접목적어를 필요로 하는 것과 같습니다.

Method의 기본 공식은 **x . Method (y)**입니다.
x (변수명) 다음에 **. Dot [닷 : 마침표]**을 찍고,
다음에 **Method**의 이름을 넣고,
그리고 **( ) Round Bracket [라운드 브래킷 : 소괄호]** 안에
y라는 또다른 **Object [업젝트 : 대상]**를 입력하면 됩니다.

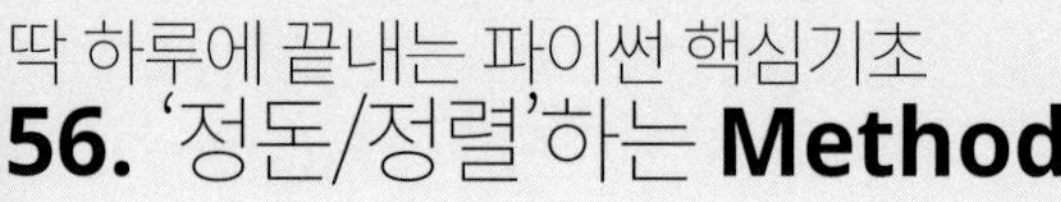

딱 하루에 끝내는 파이썬 핵심기초

56. '정도/정렬'하는 Method

● 그러면 본격적으로 주요 **Method [메써드 : 방법]**를 만나보겠습니다.
먼저 **Data [데이터 : 자료]**를 '정렬'하는 방법으로
sort [쏘트 : 정리]와 **reverse [리버스 : 뒤집기] Method**가 있습니다.

sort는 **Data [데이터 : 자료]**를 순서대로 정렬합니다.
'숫자'는 작은 수부터 정렬하고, '알파벳'은 순서대로 정렬합니다.
'대문자'가 '소문자'보다 우선 순위입니다.
'숫자'와 '알파벳'이 함께 있다면 '숫자'가 우선 순위입니다.
('숫자' < '알파벳 대문자' < '알파벳 소문자')
그리고 **reverse [리버스 : 뒤집기]**는 **Data**를 현재의 역순으로 정렬합니다.

```
>>> X = ['banana', 'apple', 'cherry']
>>> x . sort ()
>>> print (x)
['apple', 'banana', 'cherry']
```

```
>>> X = ['melon', 'apple', 'orange']
>>> x . reverse ()
>>> print (x)
['orange', 'apple', 'melon']
```

in 1 day PYTHON Basics of Python

딱 하루에 끝내는 파이썬 핵심기초

57. '추가'하는 Method

. append [닷 어펜드 : 추가] Method [메써드 : 방법]는
새로운 **Item [아이템 : 항목]**을 추가합니다.
한 번에 한 개씩 추가할 수 있으며,
추가된 **Item**은 마지막에 위치합니다.

```
>>> x = ['banana', 'melon']
>>> x . append ('apple')
>>> print (x)
['banana', 'melon', 'apple']
```

. extend [닷 익스텐드 : 연장] Method는
여러 개의 **Item**을 추가적으로 연결할 수 있습니다.

```
>>> x = ['banana', 'melon']
>>> y = ['apple', 'kiwi']
>>> x . extend (y)
>>> print (x)
['banana', 'melon', 'apple', 'kiwi']
```

딱 하루에 끝내는 파이썬 핵심기초
58. '제거'하는 Method

. remove [닷 리무브 : 제거] Method [메써드 : 방법]는
Item [아이템 : 항목]을 제거할 수 있습니다.

```
>>> x = ['banana', 'melon', 'apple']
>>> x . remove ('apple')
>>> print (x)
['banana', 'melon']
```

. clear ( ) [닷 클리어 : 제거] Method는
Item 전체를 지울 때 사용합니다.
결과적으로는 빈 ( )만 남게 됩니다.

```
>>> x = ['banana', 'melon', 'apple']
>>> x . clear ()
>>> print (x)
()
```

in 1 day PYTHON Basics of Python

딱 하루에 끝내는 파이썬 핵심기초

59. '추출'하는 Method

. pop [닷 팝 : 뽑기] Method [메써드 : 방법]는
맨 마지막 **Item [아이템 : 항목]**을 뽑아내 보여줄 수 있습니다.
또한 **pop**은 특정 위치의 **Item**을 뽑아내 보여줄 수도 있습니다. 그래서
x . pop (y) 하면 '**x**에서 **y** 위치에 있는 것을 뽑아내라!'는 뜻이 됩니다.
pop은 **Item**을 뽑아내기 때문에 이후에는 더 이상 존재하지 않습니다.

```
>>> x = ['banana', 'melon', 'apple']
>>> x . pop ()
['apple']
>>> print (x)
['banana', 'melon']
```

뽑아낼 **Item**을 정할 때는 위치를 나타내는
Index [인덱스 : 색인/순서]를 사용합니다. **Index**는 **0**번부터 셉니다.

```
>>> x = ['banana', 'melon', 'apple']
>>> x . pop (1)
'melon'
>>> print (x)
['banana', 'apple']
```

딱 하루에 끝내는 파이썬 핵심기초
60. '위치를 찾는' Method

● **String Data [스트링 데이터: 문자열 자료]**에서
Index [인덱스 : 색인/순서]를 활용하여
특정 문자의 '위치'를 찾는 **Method [메써드 : 방법]**로는
. find ( ) [닷 파인드 : 찾기] Method가 있습니다.
( ) Round Bracket [라운드 브래킷 : 소괄호] 안에
찾는 문자를 입력하면 됩니다.

. find ( )는 찾고자 하는 문자를
괄호 안에 입력하면 위치를 알려줍니다.
이때 위치는 **0**부터 셈한 자리입니다.
그래서 **x . find (y)**라고 하면
'**x**에서 **y**(의 위치)를 찾아라!'라는 뜻이 됩니다.
찾는 문자가 없을 때는 결과값이 **-1**로 나옵니다.

```
>>> a = 'Python'
>>> a . find ('P')
0
```

```
>>> a = 'Python'
>>> a . find ('s')
-1
```

in 1 day PYTHON Basics of Python

딱 하루에 끝내는 파이썬 핵심기초

61. String 전용 Method (is-)

. is- ( ) [닷 이즈 : ~이다] Method는 자주 사용하는 유용한 **String [스트링 : 문자열]** 전용 **Method [메써드 : 방법]**입니다.
영어의 **be** 동사 **is- [이즈 : ~이다]**와 조합한 **Method**입니다.
is-에서 알 수 있듯이 **is**는 '상태/존재'를 나타내기 때문에
어떤 특정한 상태를 확인할 때 사용하는 **Method**입니다.
그리고 마치 영어의 **'is** 의문문'처럼 사실 여부를 확인하는 것이어서
Yes, No 즉 맞으면 **True**, 틀리면 **False**로 결과가 나옵니다.

대표적인 **is- Method**는 다음과 같습니다.

. isalpha ( ) [닷 이즈알파] Method는
Object [업젝트 : 대상]가 모두 '알파벳'인지를 확인합니다.

. isnumeric ( ) [닷 이즈뉴메릭] Method는
Object가 모두 '숫자'인지를 확인합니다.

. isalnum ( ) [닷 이즈알넘] Method는
Object가 모두 '알파벳과 숫자'로 이루어진 것인지를 확인합니다.

. islower ( ) [닷 이즈로우어] Method는
Object가 모두 '소문자'인지를 확인합니다.

. isupper ( ) [닷 이즈어퍼] Method는
Object가 모두 '대문자'인지를 확인합니다.

62. String 전용 is- Method 연습

● **. is- ( ) [닷 이즈] Method [메써드 : 방법]**는
확인하려는 **Object [업젝트 : 대상]**가 존재하거나 옳으면 **True**,
그렇지 않으면 **False**로 결과가 나옵니다.

```
>>> x = 'abcd'
>>> print (x . isalpha ())
True
```

```
>>> x = 'abc123'
>>> print (x . isalnum ())
True
```

```
>>> x = 'abcd'
>>> print (x . islower ())
True
```

```
>>> x = 'ABCD'
>>> print (x . isupper ())
True
```

In 1 day PYTHON Basics of Python

딱 하루에 끝내는 파이썬 핵심기초

63. Data를 다루는 '틀', Format

Format [포멧 : 양식]은 '틀'입니다.
틀을 만들어 놓으면 같은 작업을 반복하기가 훨씬 쉬워집니다.
우리가 **Format**을 즐겨 사용하는 이유이며,
프로그래밍에서의 **Format**도 마찬가지입니다.

. format ( ) [닷 포멧 : 양식/틀] Method [메써드 : 방법]를 만드는 방법은 일단 **Format**은 **{ } Curly Bracket [컬리 브래킷 : 중괄호]**을 사용합니다. (**{ }**은 **Placeholder [플레이스홀더 : 들어갈 자리를 마련해 놓은 것]**라고 합니다.)

. format ( ) Method의 기본적인 공식은
'{ }' . format ( )이며 다음과 같이 사용합니다.

```
'123{}' . format ('4')
```

```
'a, b, {}, {}' . format ('c', 'd')
```

이때 **( )** 안의 **'4'**나 **'c', 'd'**는 **Argument [아규멘트 : 인자]**라고 합니다.
그래서 **'{ }' . format ( )**은 '**{ }** 안에 **Argument**를 삽입해라!'입니다.

64. Format의 연습

● **. format ( ) [닷 포멧 : 양식/틀] Method [메써드 : 방법]**는
여러 개의 **Argument [아규멘트 : 인자]**를 만들 수 있고,
각각은 콤마로 구분하며 갯수만큼
{ } Placeholder를 만들면 됩니다.

```
>>> a = '123{}'
>>> print (a . format (4))
'1234'
```

```
>>> b = 'a, b, {}, {}'
>>> print (b . format ('c', 'd'))
'a, b, c, d'
```

```
>>> c = 'This is {}!'
>>> print (c . format ('Python'))
'This is Python!'
```

in 1 day PYTHON Basics of Python

딱 하루에 끝내는 파이썬 핵심기초

65. Format의 응용

. format ( ) [닷 포멧 : 양식/틀] Method [메써드 : 방법]를 좀 더 세밀하게 활용할 수 있는 방법이 있습니다.

먼저 **a = ('Joy', 'Robert')**라고 '이름들'을 **Tuple**로 만들고,
b = ('Paris', 'Berlin')이라고 '장소'를 만듭니다.
그리고 반복적으로 사용할 문장의 뼈대를 만듭니다.
'My name is {}, and I live in {}.'
(나의 이름은 ~이며, 그리고 나는 ~에 삽니다.)

그리고 **Tuple** 안의 각각의 **Index [인덱스 : 색인]**로 **Format**을 완성할 수 있습니다.
즉 **a**라는 **Tuple**의 **Index**는 **0**번이며,
b라는 **Tuple**의 **Index**는 **1**번이 됩니다.
그리고 각각의 구성요소도 각각 **0**번부터 시작합니다. 그래서
{0[0]}이라고 하면 **0**번째 **Tuple**인 **a**의 **0**번째, 즉 **'Joy'**를 의미합니다.

```
>>> x = ('Joy', 'Robert')
>>> y = ('Paris', 'Berlin')
>>> print ('My name is {0[0]} and I live in {1[0]}.' . format (x, y))
'My name is Joy and I live in Paris.'
```

Don't tell people your dreams. Just show them.

The Python Basics just in 1 Day!

Photo by Ant Rozetsky on Unsplash

PYTHON FOR THE ULTIMATE BEGINNERS PART 6

'딱 하루에 끝내는 파이썬 핵심기초'는
전체 **7**개 파트 **96**개 챕터 유닛으로
이루어져 있습니다.

여섯 번째 파트는
Statement의 핵심!입니다.
(**66-81**)

in 1 day PYTHON Basics of Python

딱 하루에 끝내는 파이썬 핵심기초

66. Statement의 핵심!

Python을 영어에 비교한다면
Function [펑션 : 기능/함수]은 '단어'에 해당하고,
Method [메써드 : 방법]는 '숙어'에 해당합니다.
또는 **Function**은 '동사',
Method는 '전치사 + 동사'의 형태입니다.
그리고 지금부터 만나려는
Statement [스테이트먼트 : 진술/서술]는
'문장'이라고 할 수 있습니다. 말 그대로 '구문'입니다.

자! 그러면 지금부터 핵심 **Statement** 3종을
차례로 만나보겠습니다!

먼저 첫 번째로
if Statement [이프 스테이트먼트 : if 조건문]는
'조건을 체크하거나, 조건의 선택에 따라
다른 결과를 보여줄 때' 사용합니다.

두 번째
for Statement [포 스테이트먼트 : for 반복문]는
'시작과 끝이 정해져 있는 반복문'으로
지정된 **Item**을 순서대로 반복해서 나열할 때 사용합니다.

그리고 세 번째
while Statement [와일 스테이트먼트 : while 반복문]는
'조건이 충족되는 상황에서는 반복하는 문장'입니다.

딱 하루에 끝내는 파이썬 핵심기초

67. if 조건문의 Flow Chart

프로그램에서 명령이 순차적으로 진행되는 것을
Flow [플로우 : 흐름]라고 하며,
이러한 구조를 **Control Structure**
[컨트럴 스트럭쳐 : 제어 구조]라고 합니다.
그리고 **Control Structure**에 따라 **Flow** 과정을
간단한 도식으로 그려놓은 것을
Flow Chart [플로우 차트 : 흐름도]라고 합니다.

if Statement [이프 스테이트먼트 : if 조건문]는
if / elif / else로
조건의 충족 여부에 따라
다양한 결과로 처리됩니다.

즉 **if**는 '조건 **A**'를 충족했을 때 처리되고,
elif는 '조건 **A**'는 충족하지 못하지만,
'조건 **B**'를 충족했을 때,
그리고 **else**는
그 어떤 조건도 충족되지 않았을 때
처리 완료되는 방식입니다.

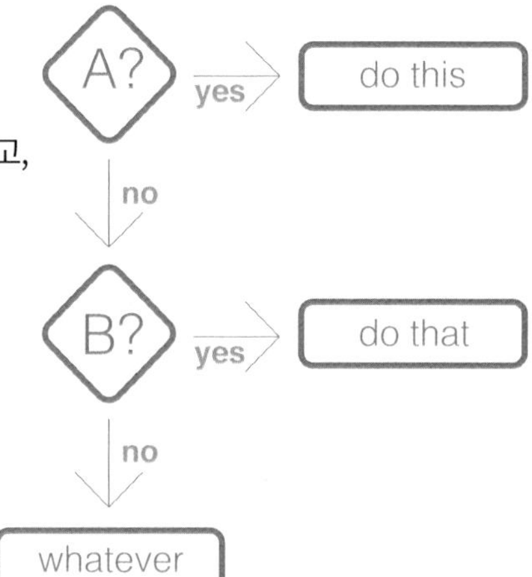

그림은 **if Statement**의
Flow Chart입니다.

딱 하루에 끝내는 파이썬 핵심기초

68. if 조건문의 기본공식

if Statement [이프 스테이트먼트 : if 조건문]는
'조건을 체크하거나, 조건의 선택에 따라
다른 결과를 보여줄 때' 사용합니다.
'만약에 ~라면, ~이다.'가 기본적인 내용입니다.

if Statement의 기본 공식은
반드시 **if**로 시작하고 **: Colon [콜런 : 쌍점]**으로 마무리합니다.
그리고 이어지는 **print ( )**는 **Indentation [인덴테이션 : 들여 쓰기]**합니다.
그래서 '만약에 **a**라면, **b**를 **print**해라!'라는 완결된 문장이 됩니다.
그리고 엔터를 두 번 누르면 결과가 나옵니다.

```
>>> if a :
...     print (b)
```

: Colon 다음에 **print ( )**를 **Indentation**하는 이유는
Code의 가독성을 높이기 위한 장치이자,
Python 안에서의 약속입니다.
Indentation은 키보드에서 **Tab** 버튼을 한 번 누르거나,
Space Bar [스페이스 바]를 **4**번 누르면 됩니다.

딱 하루에 끝내는 파이썬 핵심기초
69. if 조건문의 동작방식

if Statement [이프 스테이트먼트 : if 조건문]는 기본적으로
Comparison Operator [컴패리슨 오퍼레이터 : 비교 연산자]를 활용합니다.
Comparison Operator는
좌우의 **Object [업젝트 : 대상]**를 비교하는 것이고,
이를 근거로 **if Statement**는 평가/판단합니다.

```
>>> if 4 > 2:
...   print ('True')
...
True
```

이는 "**4**가 **2**보다 크다는 것이 맞다면 **: 'True'**를 **print**해라!"입니다.
Comparison Operator로 **String [스트링 : 문자열]**의 비교도 가능합니다.
String 간의 비교로 같은지, 다른지, 큰지, 작은지를 확인할 수 있습니다.
(첫 글자의 알파벳 순서 상 나중에 나오는 것을 큰 것으로 평가합니다.)

```
>>> if 'apple' < 'melon':
...   print ('True')
...
True
```

in 1 day PYTHON Basics of Python

딱 하루에 끝내는 파이썬 핵심기초

70. if else 조건문

if Statement [이프 스테이트먼트 : if 조건문]의 조건을 좀 더 세분화할 수 있습니다. 예를 들어
'만약에 바나나가 노란색이면 먹어라!'라고 프린트하고,
'그렇지 않고 바나나가 녹색이면 기다려라!'라고 프린트하는 방식입니다.
이렇게 나머지 또 다른 결과를 상정하는 것이
else [엘스 : 그렇지 않으면]입니다.
그래서 이를 **if else Statement [이프 엘스 스테이트먼트]**라고 부르고,
'만약에 ~라면 ~하고, 그렇지 않으면 ~해라!'라는 뜻입니다.

```
>>> if 3 > 3:
...  print ('Yes')
... else:
...  print ('No')
...
No
```

반드시 **if**로 시작하고 **: Colon [콜런 : 쌍점]**으로 마무리하며,
그리고 이어지는 **print ( )**는 **Indentation [인덴테이션 : 들여 쓰기]**합니다.
else는 **if**와 줄을 맞추고,
그리고 이어지는 **print ( )** 역시 **Indentation**합니다.
print ( )끼리 줄을 맞추는 상황입니다.

71. elif 조건문의 기본공식

if Statement [이프 스테이트먼트 : if 조건문]의 조건을
한 층 더 세분화할 수 있습니다.
elif [엘리프 : 그렇지 않고 만약에]를 추가하면,
조건을 무한개로 늘릴 수 있습니다.

elif Statement는 **if**로 시작하고 **: Colon [콜런 : 쌍점]**으로 마무리하며,
이어지는 **print ( )**는 **Indentation [인덴테이션 : 들여 쓰기]**합니다.
그리고 **elif**는 **if**와 줄을 맞추고,
이어지는 **print ( )**는 역시 **Indentation**합니다.
else 또한 **if**와 줄을 맞추고,
이어지는 **print ( )**도 **Indentation**하면 됩니다.

그러면 '만약에 ~라면, ~라고 **print**하고,
만약에 그렇지 않고 ~라면, ~라고 **print**하고,
그렇지도 않으면, ~라고 **print**해라!'라는 뜻의 완결된 문장이 됩니다.
elif Statement의 기본적인 공식은 다음과 같습니다.

```
>>> if a:
...     print ( )
... elif b:
...     print ( )
... else:
...     print ( )
```

72. elif 조건문과 '성인인증'

● 그러면 **if Statement [이프 스테이트먼트 : 조건문]**를
if / elif / else로 확장하여 '성인인증' 프로그램을 만들어 보겠습니다.

19세 이상 성인이면 **'Welcome!'**, **18**세이면 **'Not today!'** ,
그렇지 않으면 **'Go home!'**이라고 **print ( )** 해보겠습니다.

```
>>> age = 20
>>> if age >= 19:
...  print ('Welcome!')
... elif age == 18:
...  print ('Not today!')
... else:
...  print ('Go home!')
...
Welcome!
```

아울러 **age**가 **18**세인 경우에는 **Not today!**라는 결과가 나오게 되고,
12세인 경우에는 **Go home!**이라는 결과가 나오게 됩니다.

73. for 반복문의 Flow Chart

for Statement [포 스테이트먼트 : for 반복문]는
'시작과 끝이 정해져 있는 반복문'입니다.
for Loop [포 루프]라고도 하고,
Iterative Loop
[이터레이티브 루프 : 반복 루프(순환)]라고도 합니다.

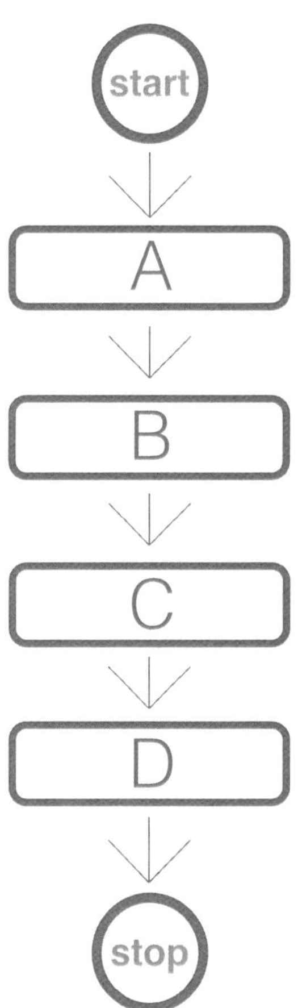

for Statement는
"**A**부터 시작해서 **D**까지
각각 한 글자씩 출력해라!"
라고 할 때 사용합니다.

예를 들어 "**'banana'**에 대해
각각의 문자를 처음부터 끝까지
한 글자씩 출력해라!"라고 할 때
사용한다는 것입니다.

그래서 **for Statement**의 **for**는
for each(각각에 대하여)라는
의미로 이해하면 됩니다.

그림은 **for Statement**의
Flow Chart입니다.

in 1 day PYTHON Basics of Python

딱 하루에 끝내는 파이썬 핵심기초

74. for 반복문의 기본공식

for Statement [포 스테이트먼트 : for 반복문]는
for로 시작하고 **: Colon [콜런 : 쌍점]**으로 마무리합니다.
(이때 **Colon**은 코드의 구역을 표시한다고 해서
Code Block [코드 블럭]이라고 합니다.)

그리고 **print ( )**는 반드시
Indentation [인덴테이션 : 들여 쓰기]을 해야 합니다.
그리고 엔터를 두 번 누르면 결과가 나옵니다.
가장 단순하게 만들면 다음과 같습니다.

```
>>> for item in items:
...     print (item)
```

즉 '**items [아이템즈 : 요소들]** 안의 **item [아이템 : 요소]** 각각을
반복해서 **print**해라!'라는 뜻입니다.

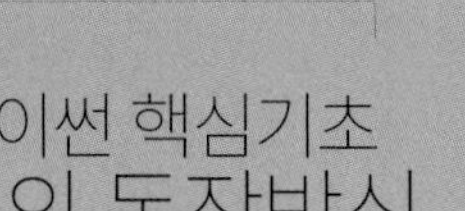

75. for 반복문의 동작방식

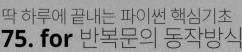

● 그러면 **List Data [리스트 데이터 : 목록 자료]**를 가지고
for Statement [포 스테이트먼트 : for 반복문]의
동작방식을 확인해 보겠습니다.

List 안에 있는 **Item**을 하나씩 전부 호출하는 방식이 되겠습니다.
이때의 **Item**은 각각의 **Object [업젝트 : 대상]**가 됩니다.

과일 **List**를 만들어 **fruits**라고 하고,
for Statement로 각각의 **fruit**을
print ( ) 해보겠습니다.

```
>>> fruits = ['apple', 'banana', 'melon']
>>> for fruit in fruits:
...  print (fruit)
...
apple
banana
melon
```

in 1 day PYTHON Basics of Python

딱 하루에 끝내는 파이썬 핵심기초

76. for else 반복문

for Statement [포 스테이트먼트 : for 반복문]에
if else Statement [이프 엘스 스테이트먼트 : else 조건문]에서 사용했던
else [엘스 : 그렇지 않으면]를 함께 사용할 수 있습니다.
for else Statement는 '각각의 아이템에 대해 반복하고,
그렇지 않으면 ~라고 해라/프린트해라!'라는
방식으로 진행됩니다.

```
>>> for val in [1, 2]:
...  print (val)
... else:
...  print ('three')
...
1
2
three
```

for와 **else**는 **: Colon [콜런 : 쌍점]**으로 마무리하고,
각각의 **print ( )**는 **Indentation [인덴테이션 : 들여 쓰기]**합니다.
그리고 두 번 엔터하면 결과가 나옵니다.
'**List** 안의 각각의 **Value [밸류 : 값]**에 대해 **print ( )**하고
그렇지 않으면 **'three'**라고 **print ( )**해라!'라는 뜻입니다.

딱 하루에 끝내는 파이썬 핵심기초

77. for 반복문의 중지

for Statement [포 스테이트먼트 : 반복문]를 진행하다가
도중에 중지해야 하는 경우가 있습니다.
이럴 때 필요한 것이 바로 **break [브레이크 : 중지]**입니다.

break를 사용하는 방법은 원하는 중단 지점을 표시하면 됩니다.
'만약 ~가 ~라면 : 멈춰라!'인 상황이기 때문에
for Statement 아래 **if Statement [이프 스테이트먼트 : if 조건문]**를
들여쓰기하여 추가하고,
다음 줄에 한 번 더 들여쓰기로 **break**를 삽입하면 됩니다.

```
>>> for val in [1, 2, 3, 4]:
...   if val == 3:
...      break
...   print (val)
1
2
```

의미는 '**List** 안에 있는 **val** 즉, **Value [밸류 : 값]** 각각에 대해 반복하여
val을 **print ( )**해라! 그런데 만약에 **val**이 **3**이라면 멈춰라.'입니다.

in 1 day PYTHON Basics of Python

딱 하루에 끝내는 파이썬 핵심기초
78. while 반복문의 Flow Chart

while Statement [와일 스테이트먼트]는
while Loop [와일 루프 : ~하는 동안 반복]이라고도 하고,
Conditional Loop [컨디셔널 루프 : 조건 순환]이라고도 합니다.

while Statement는
'조건을 충족시킬 때까지 반복하는 문장'입니다.

그러니까 **True [트루 : 참]**인 상황 하에서는
계속 반복하는 것입니다.

A가 **True**이면 **B**로 가고,
True가 아니면, 즉 **False**이면
흐름이 종료되는 구조입니다.

그림은
while Statement의
Flow Chart입니다.

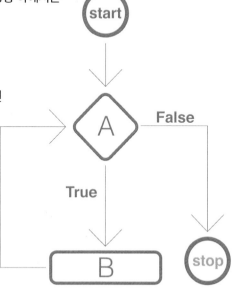

79. while 반복문의 동작방식

while Statement [와일 스테이트먼트 : while 반복문]는
'조건이 충족되는 상황에서는 반복하는 문장'입니다.
그러니까 **True [트루 : 참]**인 상황에서는 계속 반복하는 것입니다.
while Loop [와일 루프 : ~하는 동안 반복]라고도 하고,
Conditional Loop [컨디셔널 루프 : 조건 순환]라고도 합니다.
while Statement는 일반적으로 반복할 횟수를
정확히 모를 때 사용합니다.
시작과 끝이 명시되는 **for Statement [포 스테이트먼트]**와
다른 점입니다. **while Statement**의 동작방식은 다음과 같습니다.

```
>>> x = 1
>>> while x < 3:
...  print (x)
...  x += 1
...
1
2
```

x = 1이라고 하고, **x**가 **3**보다 작은 동안 반복해서 **x**를 **print ( )**합니다.
그리고 **x += 1**이라고 지정하는데 이는 **x = x + 1**과 같은 뜻으로
'최초의 **x = 1**에서 **1**씩 더해나간다.'라는 뜻입니다.
이렇게 조건이 참인 상황 안에서 계속 반복하는 것입니다.
print (x)행과 **x += 1**행은 들여쓰기로 줄을 맞춥니다.

in 1 day PYTHON Basics of Python

딱 하루에 끝내는 파이썬 핵심기초

80. while 반복문의 조건

while Statement [와일 스테이트먼트 : 와일 반복문]에도
else [엘스 : 그렇지 않으면]를 붙일 수 있습니다.
그러니까 '조건을 충족시킬 때까지 반복하고
그렇지 않으면 ~해라!'가 되는 것입니다.
True [트루 : 참]인 상황 하에서는 계속 반복을 하다가
그렇지 않으면 다른 행동을 취하는 것입니다.

```
>>> x = 1
>>> while x < 3:
...  print (x)
...  x += 1
... else:
...  print ('Stop')
...
1
2
Stop
```

유의할 점은 **else**도 **: Colon [콜런 : 쌍점]**으로 마무리해야 하고,
else는 **while**과 줄을 맞추며, 이어지는 각각의 **print ( )**는 들여쓰기합니다.
그래서 '**x = 1**이고 **x**가 **3**보다 작은 동안 반복해서 **x**를 **print ( )**하고,
그렇지 않으면 **Stop**이라고 **print**해라!'라는 뜻이 됩니다.

81. while 반복문의 중지

while Statement [와일 스테이트먼트 : 와일 반복문]를
진행하는 도중에 중단하거나 계속할 때는
break [브레이크 : 중지]를 사용합니다.

break는 **while Statement**에 종속되는 것이기 때문에
if Statement는 다음 행에 **Indentation [인덴테이션 : 들여 쓰기]**합니다.
그리고 그 다음 행에 **break**를 **Indentation**하여 삽입하면 됩니다.

```
>>> x = 1
>>> while x < 5:
...   if x == 3:
...       break
...    print (x)
...   x += 1
...
1
2
```

이때 주의할 점은 **if Statement**와 **break**를
반드시 각각 차등적으로 **Indentation**해야 합니다.

The Python Basics just in 1 Day!

Photo by Tim Gouw on Unsplash

PYTHON FOR THE ULTIMATE BEGINNERS PART 7

'딱 하루에 끝내는 파이썬 핵심기초'는
전체 **7**개 파트 **96**개 챕터 유닛으로
이루어져 있습니다.

일곱 번째 파트는
Python의 핵심기초 마무리!입니다.
(**82-96**)

in 1 day PYTHON Basics of Python

딱 하루에 끝내는 파이썬 핵심기초

82. Python의 핵심기초 마무리!

지금부터는 파이썬 핵심기초의
마무리 단계입니다.
지금까지 배운 내용을 포함하여
기초적인 **Programing [프로그래밍]**을
완성하는데 필요한 내용들을 담고 있습니다.

앞으로 만나게 될 각각의 단원은
하나의 **Program [프로그램]**을
온전하게 만드는데 중요한 역할을 합니다.

Python의 기초를 '마무리'하는 단계입니다.
다음의 **4**가지, 즉
Module [모듈 : 조립부품],
Importing [임포팅 : 불러오기],
User input [유저 인풋 : 사용자 입력],
Class [클래스 : 종류/부류] 등의
핵심을 중심으로
간단하고 쉽게 설명을 이어나가겠습니다.

83. Module의 이해

● **Module [모듈/마쥴 : 조립 부품]**은 특정 기능을 가지고 있는
(마치 레고블럭처럼) 교환 가능한 '코드블럭'을 말합니다.
다르게 말하면 어떤 **Function [펑션 : 기능/함수]**들을
묶어 놓은 것이고, '탈부착'할 수 있는 것입니다.

Module은 우리가 어떤 제품을 만든다고 했을 때,
사용할 수 있는 각각의 조립용 부품이라고 생각하면 됩니다.

Module은 우리의 **Coding**을 수월하게 도와주는
Add-on Function [에드-온 펑션 : 부가 기능/함수]이고,
일종의 **Extension [익스텐션 : 확장(체)]**입니다.

이렇게 **Module**은 하나의 파일입니다.
파일이기 때문에 남이 만든 것들을 불러와서 쓸 수도 있고,
내가 만들어서 모두와 공유할 수도 있습니다.

Python의 **Module**은
확장자명이 **.py [닷 피와이]**인 파일입니다.
Module의 '이름'이 곧 '파일의 이름'이 됩니다.
Module의 이름을 보면
어떤 기능을 하는 **Module**인지 짐작할 수 있습니다.

in 1 day PYTHON Basics of Python

딱 하루에 끝내는 파이썬 핵심기초

84. Module '불러오기'

Python 내부에는 이미 엄청나게 많은
Module [모듈/마쥴 : 조립 부품]들이 준비되어 있습니다.
Python Standard Library [파이썬 스탠다드 라이브러리]에
모아놓았기 때문에 그저 불러오기만 하면 됩니다.
모듈을 불러오는 것을 **Importing [임포팅 : 도입]**이라고 합니다.
모듈을 불러오려면 **import Command**
[임포트 커멘드 : 도입 명령]를 사용하면 됩니다.

Module의 효용을 보여주는 간단한 예가 있습니다.
Python에는 수학의 갖가지 공식들이 **Module**로 만들어져 있습니다.
예를 들어 '제곱근'을 구하는 **Module** 같은 것입니다.
이것을 사용하려면 먼저 **math [메스 : 수학] Module**을 불러옵니다.
그리고 해당 **Module** 안에서 어떤 기능을 사용할 것인지를 정하고,
결과값을 물어보면 됩니다.
자! 그러면 **81**의 '제곱근'을 구해보겠습니다. '제곱근'은 영어로
Square Root [스퀘어 루트 : 제곱근]이고 **sqrt**라고 씁니다.)

```
>>> import math
>>> print (math . sqrt (81))
9.0
```

math에서 **sqrt Function**을 사용하여
숫자 **81**의 값을 구하는 코드입니다.

85. '통계용' Module 불러오기

● 다음은 역시 매우 유용한 '통계용' **Module [모듈 : 조립 부품]**입니다.
각종 통계용 계산값을 간편하게 구할 수 있는 **Module**입니다.

사용방법은 동일합니다.
먼저 **statistics [스터티스틱스 : 통계] Module**을 불러옵니다.
예를 들어 다음과 같은 숫자 리스트의 '평균값'을 구해보겠습니다.
'평균값'은 **mean [민 : 평균]**이라고 합니다.

```
>>> import statistics
>>> a = [1, 2, 3, 4, 5, 6, 7, 8, 9]
>>> x = statistics . mean (a)
>>> print (x)
5
```

a라는 리스트가 있고, **a** 안의 모든 숫자의 평균을 **x**라고 하고
그리고 **x**를 **print ( )**하는 방식입니다.

같은 방식으로 **median [미디언 : 중간값],**
stdev [스탠다드 디비에이션 : 표준편차] (**Standard Deviation**),
variance [베리언스 : 분산] 등 다양한 모든 통계값을 구할 수 있습니다.

in 1 day PYTHON Basics of Python

딱 하루에 끝내는 파이썬 핵심기초

86. '랜덤' Module 불러오기

이번에는 여러모로 쓸모 많은
random [랜덤 : 무작위] Module [모듈/마즐 : 조립 부품]을
import [임포트 : 불러오기] 해보겠습니다.
random Module은 '무작위로 요소를 뽑아내는 방법'입니다.

random Module을 **import**하여
매번 다른 요소를 무작위로 추출해보겠습니다.
members라는 **List [리스트 : 목록/리스트]**를 만듭니다.
그리고 **man = random . choice (members)**라고 하고,
choice [초이스 : 선택] 된 것을 **print (man)**하면 됩니다.

```
>>> import random
>>> members = ['Sam', 'Joe', 'Mark']
>>> man = random . choice (members)
>>> print (man)
Mark
```

```
>>> import random
>>> members = ['Sam', 'Joe', 'Mark']
>>> man = random . choice (members)
>>> print (man)
Sam
```

87. Syntax의 이해

Syntax [신텍스 : 구문론]는 언어학에서 온 개념입니다.
Syntax는 문장의 구조나 구문 요소를 분석하는 연구분야입니다.
이러한 **Syntax**의 원리는 **Coding [코딩]**에도 적용할 수 있습니다.

예를 들어 앞에서 다루었던
math [메스 : 수학] Module을 **import [임포트 : 불러오기]**할 때,
다음의 두 가지는 결국 같은 구문이라는 뜻이 됩니다.

```
>>> import math
>>> print (math . sqrt (81))
9.0
```

```
>>> from math import sqrt
>>> print (sqrt (81))
9.0
```

math를 **import**하고 **sqrt**를 구하는 것이나
from math (**math**에서)로 **sqrt**를 직접 **import**하는 것이
같다는 것으로 이해하고 응용하는 것이 **Syntax**입니다.

in 1 day PYTHON Basics of Python

딱 하루에 끝내는 파이썬 핵심기초

88. User input의 이해

컴퓨터가 '아이디'나 '패스워드' 등을 요구하면 우리가 직접 입력을 하는 데
바로 이런 동작을 **User input [유저 인풋 : 사용자 입력]**이라고 합니다.
사람이 컴퓨터의 요구에 답하는 컴퓨터와 사람(사용자) 간의
일종의 '대화 모드'라고 할 수 있습니다.

User input은 **input ( ) Function**
[인풋 펑션 : 입력 기능/함수]으로 만듭니다.
x라는 **input**을 만들고 사용자가 입력하면
입력한 내용을 받아 다시 확인시켜 주는 방식입니다.
그러니까 '당신의 이름은 무엇입니까? : '라고 모니터에 띄워
사용자가 '홍길동'이라고 답하면,
'안녕하세요, 홍길동 님.'으로 출력되도록 하는 것입니다.

input ( )은 괄호 안에 **User**가 직접 입력하는 부분입니다.
input ('What is your name? : ')처럼
: Colon [콜런 : 쌍점] 다음의 **Space [스페이스 : 공백]**가
User가 실제로 입력하는 위치가 됩니다.

```
>>> X = input ('What is your name?: ')
>>> print ('Hi', x)
```

딱 하루에 끝내는 파이썬 핵심기초

89. User input의 실행

● 그러면 지금부터 'User의 이름'을 확인하는
User input [유저 인풋 : 사용자 입력] Code를 실행해 보겠습니다.
컴퓨터가 **'Enter your name. : '**이라고 요구하면
User가 자신의 이름을 입력하게 되고,
그러면 컴퓨터는 **'Your name is', name, '.'**으로 확인하는 과정입니다.

```
>>> x = input ('Enter your name.: ')
>>> print ('Your name is', x, '.')
```

input ( )의 괄호 안에는 요구사항이 들어갑니다.
print ( )의 괄호 안에는 결과문이 **, Comma**로 연결되어 나열됩니다.

'비밀번호'를 요구하는 상황이라면 숫자의 종류를 지정해야 합니다.
로그인 등 일반적으로 사용하는 숫자는 '정수'이니까
Integer [인티저 : 정수] 즉 **int ( ) Function**을 먼저 쓰고,
input ( ) Function을 실행합니다.
('당신의 번호를 입력하시오. : ', '당신의 번호는 ~입니다.')

```
>>> x = int (input ('Enter your number. : '))
>>> print ('Your number is', x, '.')
```

in 1 day PYTHON Basics of Python

딱 하루에 끝내는 파이썬 핵심기초

90. class란?

class [클래스 : 종류/부류]는 **Coding**에서
매우 중요한 개념 중 하나입니다.
우리가 지금까지 배운 내용들이
단수의 기능(펑션이나 메쏘드 등)을 다루고 있다면,
class는 여러 가지 복합적인 기능을 한꺼번에 다룬다는 점에서
보다 더 높은 수준의 **Coding**이라고 할 수 있습니다.

class는 유사한 내용을 하나의 그룹으로 묶어 놓은 것을 말합니다.
마치 '학생들'이 모여서 하나의 '학급'이 만들어지는 것과 같습니다.
이렇게 학생들 각각의 다양한 활동을 수집 정리할 수 있고,
한 반, 한 학년, 한 학교 단위로 방대한 정보를
관리할 수 있는 것이 바로 **class**입니다.

무엇보다도 가장 강력한 **class**의 매력은
다양한 상황에 대해 효율적으로 **Coding** 할 수 있다는 것입니다.
그래서 **class**는 우리가 지으려는 건물의 '설계도'와 같습니다.
때문에 앞으로 우리는 **class**를 사용하여 보다 효율적이고
완성적인 프로그램을 만들 수 있게 됩니다.

(참고적으로 **class**를 단계적으로 묶어 정리한 것을
Package [패키지 : 일괄처리/포장물]라고 하며,
보다 높은 수준의 복잡한 프로그래밍에 사용할 수 있습니다.)

91. class의 이해 (1)

자! 그러면 지금부터 실제 **class [클래스 : 종류/부류]** 코드를 해설하는 방식으로 **class**의 이해를 시작해보겠습니다.
'나의 애완동물' (**MyPet**)이라는 **class**를 분석하겠습니다.

아래에서 하늘색 부분은 **class**를 만드는 공식이고,
노란색 글자는 우리가 새롭게 채울 부분입니다.
그러니까 하늘색 공식 사이에 있는 노란색에 우리의 정보를 채우면 됩니다.

```
>>> class MyPet:
...     def __init__ (self, species, name):
...         self . species = species
...         self . name = name
...
>>> p1 = MyPet ('Dog', 'Mungi')
>>> p2 = MyPet ('Cat', 'Nyangi')
```

먼저 기본적인 **class**의 구조에 대해 설명드리겠습니다.
첫 번째 줄은 '**class**의 이름' 부분입니다.
두 번째 줄부터 다섯 번째 줄까지는 '**class**의 정의' 부분입니다.
나머지 두 줄은 실제 내용이 들어가는 '**class**의 내용' 부분입니다.

in 1 day PYTHON Basics of Python

딱 하루에 끝내는 파이썬 핵심기초

92. class의 이해 (2)

이제부터는 기본적인 **class Code**를 줄 단위로 의미와 만드는 방법을 소개해드리겠습니다.

첫 째줄 : **class**를 만들려면 **class**의 이름이 필요합니다. **class**의 이름은 대문자로 시작하고 **: Colon [콜런 : 쌍점]**으로 마무리합니다.

둘 째줄 : 초기설정에 해당하는 **def** 즉
Definition [데피니션 : 정의]을 합니다. **def**은 들여쓰기로 시작합니다.
def 다음에 있는 **_init_**에서 _ _는 **Two Underscores**
[투 언더스코어스 : 2개의 언더바]라고 부르며, 그 사이의 **init**은
Initialization [이니셜라이제이션 : 초기 설정]을 뜻합니다.
그리고 이어지는 **( )** 안에는 '초기설정할 것들'을 넣는데 이들을
Parameter [퍼래미터 : 두 개 이상의 여러 가지 값으로 변할 수 있는 요소]라고 하며, 반드시 **self [셀프]**로 시작해야 합니다.
이는 '우리(클래스)의'라는 뜻입니다.
그리고 각각의 **Parameter**를 나열하고, **: [콜런 : 쌍점]**으로 마무리합니다.
우리는 개와 고양이의 '종류'(**species**)와 '이름'(**name**)을 **class**로 만들기로 했으니까 **species**와 **name**을 **Parameter**로 넣으면 됩니다.
그 다음에는 self . **species** = **species**,
self . **name** = **name**처럼 다시 정리하는데
이는 현재의 **class** 안에서 적용된다는 것을 확인하는 과정입니다.

마지막 두 줄 : 여기는 **MyPet**의 구체적인 내용을 담습니다.
첫 번째 팻 **p1**은 나의 팻 '개', '멍이'
두 번째 팻 **p2**는 나의 팻 '고양이', '냥이'라고 정리하면 완료됩니다.

93. class의 이해 (3)

● 이제 마지막으로 **MyPet**이라는 **class**가
제대로 만들어졌는지 **print ( )**로 확인하는 단계입니다.

class가 담고 있는 **p1, p2**의 정보,
즉 개와 고양이의 '종류'(**species**)와 '이름'(**name**) 각각을
print ( )할 수 있게 되었습니다.

```
>>> class MyPet:
...  def __init__ (self, species, name):
...      self . species = species
...      self . name = name
...
>>> p1 = MyPet ('Dog', 'Mungi')
>>> p2 = MyPet ('Cat', 'Nyangi')
...
>>> print (p1 . species)
Dog
>>> print (p2 . species)
Cat
>>> print (p1 . name)
Mungi
>>> print (p2 . name)
Nyangi
```

in 1 day PYTHON Basics of Python

딱 하루에 끝내는 파이썬 핵심기초

94. class의 '상속'

부모의 유산을 자식이 상속하는 것처럼
class [클래스 : 종류/부류]도 상속받아서 사용할 수 있습니다.
이를 **class**의 **Inheritance [인헤리턴스 : 상속/유산]**라고 합니다.

한 클래스가 다른 클래스를 상속받으면
자동으로 상위 클래스의 모든 특성과
메서드를 그대로 사용할 수 있습니다.

예를 들어 '부모 **class**'의 속성과 메서드를
'자식 **class**'가 그대로 도입할 수 있으며,
더 나아가서 '자식 **class**'가 '부모 **class**'의 속성과 메서드를
상속받아서 따로 재정의할 수도 있습니다.

상속받는 방법은 간단합니다.
새롭게 **class**를 정의할 때 **( )** 괄호 안에
부모 **class**의 이름을 포함시키면 됩니다.

예를 들어 산술 수식 **class**를 상속받으려면
먼저 **ParentMath [패어런트 메쓰 : 부모 수학] class**를 만들고
ChildMath [차일드 메쓰 : 자식 수학] class로 상속받으면 됩니다.

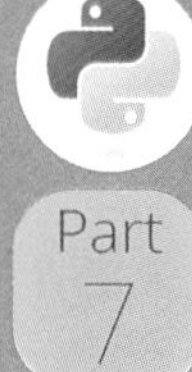

95. class의 '상속' : '부모 class'

● 그러면 실제 **Code**로 확인해보겠습니다.
먼저 **ParentMath [패어런트 메쓰 : 부모 수학]** class로 '덧셈' 수식을 선언합니다.
x, y 값을 넣으면 **x + y**가 실행되고, 결과값이 나와서 **print**되도록 선언합니다.
그러니까 다음과 같이 두 개의 **def**을 정합니다.

```
...        def addition (self, x, y) :
...                self . result = x + y 와
...        def display (self) :
...                print (self . result)
```

그리고 예를 들어 **5**와 **5**를 더한 결과값을 출력하려면 다음처럼 하면 **ParentMath class**가 완성됩니다.

```
>>> class ParentMath:
...  def addition (self, x, y):
...        self . result = x + y
...  def display (self):
...        print (self . result)
...
>>> a = ParentMath ()
>>> a . addition (5, 5)
>>> a . display ()
10
```

in 1 day PYTHON Basics of Python

딱 하루에 끝내는 파이썬 핵심기초

96. class의 '상속' : '자식 class'

다음은 **ChildMath [차일드 메쓰 : 자식수학] class**를 만듭니다.
ChildMath의 내용은 **ParentMath**라고 우선 정합니다.
그리고 '뺄셈' 수식을 선언합니다.

그 다음 **ChildMath**를 실행하면 덧셈 (**ParentMath**)과 함께 뺄셈 (**ChildMath**)도 실행할 수 있게 됩니다.

ParentMath (덧셈)를 **a**라고 했으니 **ChildMath** (뺄셈)는 **b**라고 하고 **display**를 실행하면 **x + y - z**의 결과를 확인할 수 있습니다.

```
>>> class ChildMath (ParentMath):
...  def subtraction (self, z):
...       self . result -= z
>>> b = ChildMath ()
>>> b . addition (5, 5)
>>> b . subtraction (4)
>>> b . display ()
6
```

이렇게 '상속'을 통해 보다 간편하게 **Code**를 '응용/활용'할 수 있습니다.

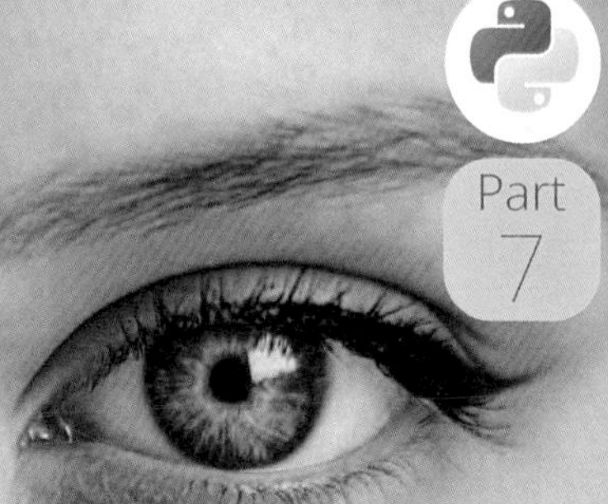

Coding tells stories.
Learn coding;
get the code of
your life.

코딩 연습하는 가장 쉬운 방법!

공유 예제 코드 활용법과
무설치 Repl.it 사이트
초간단 사용법입니다.

먼저 교제 안의 모든 **예제 코드**를
https://bit.ly/3e296H9 사이트에서
공유 **다운로드** 받습니다.

다음으로 무료 무설치 코딩 사이트 **Repl.it**의 **파이썬 전용창**,
http://repl.it/languages/Python3로 **이동**합니다.

그리고 여기서 좌측 창, 즉 **Editor [에디터 : 편집기]** 창에
아래 예제와 같이 노란색 부분을 입력하고
상단의 **run [런 : 실행]** 버튼을 누르면
오른쪽 창, 즉 **Shell [쉘]**에서
오렌지색 정답을 확인할 수 있습니다.

```
>>> print ("Hello World!")
Hello World!
```

여러분의 Python 핵심기초 돌파를 축하합니다!
학습자 여러분 수고 많이 하셨습니다.